NASCIDO PARA RASTREAR

Os Primeiros Anos de Reuben Cole Livro 1

STUART G. YATES

Tradução por
OSMAR LOPES

PRÓLOGO

No início do século XX, Reuben Cole, outrora batedor do exército, conhecido pelas Nações Indígenas como "Aquele que Vem", aproxima-se do fim de sua ensanguentada carreira. Anos duros e implacáveis de esforço e violência cobraram o seu preço. Já não é mais o mesmo homem, o seu último caso quase lhe custou a vida. A realidade é que ele está velho e lento, e agora aceita isso, embora com relutância, como tantas pessoas idosas fazem. Anunciando sua aposentadoria a sua amante sofredora, ela lhe conta que um escritor de uma revista chegou à casa deles, ansioso para registrar a carreira de Cole a um público ávido de histórias do "oeste selvagem". Hesitante no início, Cole concorda e relata a parte formativa da sua carreira durante a qual aprendeu a rastrear e como se manter vivo na dura e implacável paisagem do Oeste.

Como ele mesmo disse ao escritor da revista, "O que você tem aqui é a história tal como eu a vivi. Eu não estava presente em tudo o que aconteceu, e tais cenas me foram contadas mais tarde. Mas é tudo verdade, cada palavra".

Esta é a história dele.

CAPÍTULO UM

Sua mãe está perto da morte. Ele sabe disso sem ser avisado. Doc Miller costumava visitá-la dia sim, dia não, mas recentemente é duas vezes por dia. Reuben, de catorze anos de idade, sentava-se no canto e observava as idas e vindas sem falar, sem nunca perguntar. Não há necessidade. Ele vê tudo nas linhas do rosto deles e no terrível tom de pele de papel de arroz de sua mãe. Além disso, na forma como seu pai perambula pela casa parecendo velho e curvado, incapaz de suportar o olhar de seu filho.

Doc Miller aperta-lhe o ombro e dá-lhe um aceno tranquilizador. Reuben segura o olhar do velho. "Será que ela vai melhorar?"

O médico pressiona os lábios juntos e balança a cabeça.

Ele afasta-se, deixando Reuben com os seus pensamentos.

Reuben mergulha fundo em sua mente, pensando em tantas memórias e coloca seu rosto nas mãos e chora silenciosamente. Ela é sua mãe, e ela vai morrer. É como se o seu mundo inteiro estivesse em colapso e ele fosse incapaz de impedi-lo.

Nesta manhã, quando ele finalmente desce as escadas, os homens estão na sala de estar, com copos em suas mãos, nenhum deles disposto a olhar para ele, então ele decide sair. Sente-se despedaçado. Sua mãe está deitada na cama, e ninguém está com ela. Ele devia ficar, acariciar-lhe a testa febril, mas Doc Miller o preveniu. Ele não deve tocá-la. Ele até disse que seria melhor nem sequer ir para o mesmo quarto que ela. Seguindo esse conselho, todos os dias, Reuben agachava-se no corredor do lado de fora, a cabeça contra a porta, ouvindo a sua respiração irregular. Mas seguir esse conselho não tirava a dor nem a culpa. Agora, com passos pesados, ele deixa a casa, sem saber ou se importar se alguém o vê sair.

Lá fora, está frio. A neve já caiu na noite e, na brancura pesada do céu, mais ameaçam cair. Ele não se importa. Monta a velha Nora e leva-a para longe do rancho. Ele adora o rancho. Ele adora a forma como a brisa se move pelos campos, a forma como o céu se estende para todo o sempre, as montanhas distantes, uma mancha roxa contra o fundo azul. Tudo o que ele vê é de seu pai e um dia tudo lhe pertencerá. Reuben Cole. Um rapaz cujo futuro está garantido.

Só que ele não quer isso.

Ele não acha que quer ser um rancheiro. Ainda não, não com sua mãe prestes a deixá-lo para sempre. Ele não vai ouvir mais as suas amáveis palavras, a sua orientação e encorajamento. Ela está deixando-o com toda a sua vida ainda à sua frente, com todas as suas incertezas, entusiasmo, aventura e adversidade, tudo para ele encontrar sozinho.

Então, ele cavalga. Sua mente é uma paisagem exposta ao vento de emoções em constante mudança, seus medos tingidos de tristeza, misturados com sonhos do desconhecido. O grande mundo está ao seu redor e ele o acha de tirar o fôlego, mas tão assustador. Tão imprevisível.

Ele cavalga com a mente distante até que as memórias se tornem grandes e vívidas. Lembra-se do rosto sorridente de sua mãe, o perfume dela enchendo as narinas dele. Se ele fechar os olhos, ele pode vê-la novamente. Como ela costumava ser antes da doença devastar suas feições, fazê-la ficar magra e de pele amarelada. Bonita. Sorrindo, sempre sorrindo.

Ele chega a um lugar que não conhece. Saindo de seu devaneio, ele se apodera da paisagem. À sua volta, penhascos recortados, marcados pelo vento, tão altos que não se pode ver os seus cumes. Pássaros voam para lá, sem dúvida abutres ansiosos por um banquete. Ele estremece, torce, abre o cantil e toma um longo gole. Nora respira com dificuldades. Devem ter cavalgado por horas e muitas vezes os montes de neve eram profundos. Reuben se repreende por não ter se concentrado mais no lugar para onde estava indo. Ele a conduz em direção a um emaranhado de árvores e tojo, e desmonta. Acaricia a velha égua ao longo do pescoço e, trabalhando rapidamente, desengata a sela e a alivia dela. Pressionando seu rosto contra seu focinho, ele beija suas narinas dilatadas, e ela responde, relinchando suavemente.

Guiando Nora entre os ramos salientes, ele abaixa a sela e afrouxa as calças, aliviando-se em um afloramento de rocha, fechando os olhos para apreciar a sensação de alívio. Nora bufa de repugnância com o fedor. Ele havia segurado o conteúdo de sua bexiga por tempo demais.

Há um pão duro numa de suas cargas. Ele dá uma mordida, aperta os dentes à sua volta, mastiga até conseguir engolir. Tem gosto de corda velha e seca, e ele empurra-o abaixo com água do seu cantil. Seu pai às vezes trazia uísque ou centeio consigo para beber em passeios mais longos. Reuben ainda não experimentou uísque. Gostaria de ter experimentado.

Voltando à sombra, ele coloca um cobertor sobre as costas de Nora antes de se esticar no chão. O segundo cobertor ele coloca em volta dos ombros. Apesar de muitas pequenas pedras se espetarem em suas costas, ele está cansado, o dia ameno graças ao sol e logo seus olhos se tornam pesados. Dentro de momentos ele está dormindo.

Algo o obriga a acordar. Um grito distante o fez sentar-se rapidamente. Por um momento, ele está desorientado. Esfregando seus olhos, olha a sua volta. Nora fica paralisada, com as orelhas levantados. O som vem novamente. Gritos agudos, longe demais para reconhecer as palavras, mas perto o suficiente para Reuben saber que estas são as vozes de vários homens enfurecidos.

Ele se levanta, sai do cobertor e balança sua cabeça. Move-se para onde pousou os alforjes, e puxa a arma de esquilo da bainha. É uma arma antiga dada a ele alguns anos antes por Floyd Henderson, um dos parceiros do chefe do rancho. Provando ter nascido para aquilo, Reuben muitas vezes iria a terrenos mais altos, mirava no celeiro principal e atirava nos ratos enquanto eles corriam para lá e para cá. Henderson dizia que ele tinha "olhos de águia", o que quer que isso significasse, mas ele gostou dos elogios do grande homem. Ele nunca espera usar a arma com raiva. Um tremor corria através dele.

Saindo do seu lugar sombrio, ele vai para um afloramento de rochas e se acomoda para observar.

Através do terreno acidentado, vem um homem correndo. Ele está seminu, cabelo preto comprido balançando atrás dele como um rabo de cavalo. As suas calças são feitas de tecido grosseiro, possivelmente pele de animal e na sua mão está um arco. Reuben suga no ar. Um índio. Henderson disse-lhe uma vez que os Kiowas caçavam por perto e se alguma vez visse algum, deveria logo contar a seus pais. Selvagens é como Henderson os chama, mas Reuben nunca pôs os olhos em um, até agora e, de onde ele se vê, o homem não parece nada selvagem.

Ele está correndo com facilidade pela neve, sua longa passada relaxada, sua cabeça fixa como se estivesse em profunda concentração.

Dado o que se aproxima atrás dele, este pode muito bem ser o caso.

Há um cavaleiro, usando seu chapéu para bater no traseiro de seu cavalo, incitando o animal a avançar. Mas não é este homem que está gritando, e Reuben se esforça para ver se consegue pegar mais alguém lá fora na planície.

Não há ninguém à vista, por isso ele volta a observar.

O cavaleiro está ganhando terreno em direção ao índio. O

solo debaixo da neve é traiçoeiro, quebrado por pedras, grandes e pequenas, espalhadas por todo o lado, qualquer uma das quais pode ser perigosa para o cavalo. O seu galope é estranho, o animal toma seus cuidados, mas o cavaleiro parece desatento: "Vamos lá, seu miserável inútil!" Mas o cavalo não é estúpido, e Reuben não pode deixar de rir.

A sua diversão acaba imediatamente quando ele vê o cavaleiro sacando sua pistola. Vários tiros são ouvidos, nenhum deles atingindo o alvo, e Reuben vê o índio aumentar seu ritmo. Ele se move de um lado para o outro de uma forma irregular e imprevisível. Reuben entende que esta é uma forma de dificultar a pontaria do cavaleiro. E ele se pergunta, enquanto observa, por que o selvagem não para, vira e dispara com o arco.

Quando foca seu olhar, ele vê porquê. O selvagem não tem flechas.

Ele então vê uma coisa notável.

O índio realmente para. Ele se vira e espera, com os braços abertos para os lados. Ele já desistiu, imagina Reuben? Será que ele aceitou o seu destino, resignando-se à perdição que o esperava?

Mas não. À medida que o cavaleiro se aproxima, disparando tiros ferozes e imprecisos, o índio se move no último momento, desviando-se para um lado, pegando as rédeas, e puxando-as para baixo violentamente. A cabeça do cavalo estala para o lado, um grito aterrador sai de sua boca espumante. O cavaleiro ataca com o revólver, agora obviamente vazio, mas, tal como o seu tiroteio, não atinge o alvo e o índio agarra-o com o braço e balança-o na sela. Agora os três, cavalo, cavaleiro e índio, iniciam uma dança macabra, enquanto se movimentam em um apertado círculo. O cavalo chuta grandes plumas de neve e o cavaleiro tenta desesperadamente se soltar. O índio consegue, finalmente, tirar o cavaleiro do cavalo, que, desequilibrado e aterrorizado, cai para o lado. O índio dá um salto para trás para evitar o turbilhão de humano e animal quando ambos caem na terra.

O infeliz cavaleiro, preso sob o corpo de sua montaria, luta freneticamente. O índio move-se com agilidade, a faca aparecendo de repente em sua mão. O acometido cavaleiro estende a palma da mão, sua voz, quando fala, trêmula de medo. "Por favor", diz ele, "por favor, não!" Mas o índio ignora as súplicas desesperadas do homem. Rápido e decidido, ele mergulha a pesada lâmina na carne do cavaleiro, cortando-lhe a garganta. Segue-se uma erupção de sangue negro espesso, mas se isto for o fim, todos estão errados.

Do ar branco e fosco, surgem mais cavaleiros, avançando em galope, com raiva, apontando suas armas. Seus tiros vão longe, mas à medida que se aproximam, não demorará muito até que a distância cada vez menor faça com que o índio seja atingido. Reuben, que está bem agachado, fixa os olhos na cena perturbadora que se desenrola diante dele. Ele está dividido entre intervir e permanecer como um observador impassível. As histórias desses índios, os horrores que eles perpetravam, passam por sua mente. Mas algo, a injustiça no que vê, o leva a reagir. Ele levanta a sua espingarda, com a intenção assustar os cavalos com um tiro bem colocado entre os cascos e forçá-los a se afastarem. Isso poderia dar ao índio uma chance de correr ou ficar e fazer disso uma luta justa.

Reuben é bom com a sua espingarda.

Os esquilos movem-se rapidamente e ele consegue atingi-los a cem passos, às vezes mais. E um cavalo é muito maior. Alguns tiros bem espaçados no chão entre os cascos dos animais vão assustá-los, derrubar os cavaleiros talvez, no mínimo causar confusão.

Ele esguicha o cano, segura a respiração, se posiciona e dispara um tiro.

Ele frequentemente se lembra daquele momento. Em tempos de silêncio, sozinho em sua cama, as primeiras horas tão negras, tão cheias de terror, ele revive cada detalhe como se estivesse lá novamente. E a cada vez o horror nunca diminui.

O primeiro tiro atinge o chão centímetros à frente do primeiro cavalo. Exatamente como ele esperava, o cavalo grita, empina e arremessa o cavaleiro para fora da sela. Reuben não precisa verificar para saber que o homem bateu de cabeça no chão com tanta força que seu pescoço quebrou. As coisas ainda pioram. Enquanto o corpo do homem bate na terra com força, a arma ainda em suas mãos dispara. Quer seja o ângulo ou simplesmente o puro destino, Reuben só pôde imaginar. Seja qual for a razão, o tiro errado atinge o cavaleiro seguinte no peito e ele também cai.

O homem contorce-se por alguns momentos antes de ficar rígido, um braço congelado estendido para cima como se estivesse suplicando a algo invisível por ajuda.

Não há nenhuma.

Dois homens mortos no espaço de uma dúzia de segundos.

Os cavaleiros sobreviventes lutam para controlar os cavalos furiosos em terror. Eles se afastam e, estimulando os flancos de seus montes e chicoteando-os com suas rédeas, galopam em uma nuvem de neve e uma boa dose de medo.

Ainda observando, Reuben tenta mas descobre que não consegue se mexer. Enraizado no local em um horror abjeto, ele vê os dois cavalos sem cavaleiro se balançando e chutando enquanto desapareciam na distância, deixando os mortos no chão.

A espingarda escorrega dos dedos do Reuben. Ele não reage. Boquiaberto, os olhos sem pestanejar, tentando aceitar o que ele havia feito. Pois tudo se resume a ele. A sua responsabilidade, a sua estupidez cega em chegar a um plano tão mal pensado que só poderia resultar em desastre. Ele queria poder fugir, mas não tem forças.

E então algo não ouvido e não visto pressiona contra as suas costas. Uma mão forte agarra-o debaixo do queixo enquanto outra segura uma faca de lâmina pesada contra a sua garganta.

Reuben sente o seu estômago a tremer.

É o índio. Ele se esgueirou por trás e agora está prestes a matá-lo.

Toda a força deixa as pernas do Reuben e ele se curva. Mas a mão do homem escorrega-lhe da garganta e agarra-o debaixo das axilas e segura-o. Pressionada contra sua orelha, uma voz com sotaque grosso diz: "Não desmaie em cima de mim, rapaz."

Ele vira Reuben e encara. Reuben é atraído por aqueles olhos, hipnotizado pelo momento, o perigo. Ele quer implorar, suplicar por sua vida, fazer esse selvagem entender, mas mesmo que ele forme as palavras em sua mente, nada escapa de seus lábios. É como se ele tivesse perdido o poder de falar. Ele está à mercê deste homem.

"Por que você me ajudou?"

A pergunta merece uma resposta. Reuben sabe disso e, no entanto, não consegue invocar nenhuma explicação. Ele teme que o selvagem perca a paciência, o ataque, o espanque, e o bata no chão.

"Você é mudo?" O índio inclina a cabeça. "Não tenha medo. Você salvou a minha vida. Não estou prestes a lhe fazer mal. Mas se é mudo... Me dê um sinal."

Este selvagem não é nenhum idiota, nenhum simplório, mas um pensador, um homem que compreende.

Reuben limpa a garganta, um esforço enorme pois acredita que qualquer tipo de movimento ou reação irá levar o selvagem à ação. Então, ele espera e lentamente seus lábios se abrem. "Eu não... eu não queria matar ninguém."

"Tenho a certeza disso, meu jovem amigo. Mas você matou. Isso significa que eles vão voltar. Mais deles. Eles voltarão, e nos caçarão, a nós dois. Então, temos de sair deste lugar, atravessar essas terras, e encontrar um lugar para nos escondermos. Não posso voltar à minha aldeia - fazê-lo traria perigo para as mulheres e crianças de lá. Então, temos de ir, sozinhos. Pegue sua espingarda e corra comigo. Meu nome é Urso Castanho."

"Eu sou Reuben. Reuben Cole."

"Então, Reuben. Temos de ir."

"Eu tenho a Nora. Podíamos montá-la os dois."

Aquela velha égua?"

"Ela pode ser velha, mas é boa."

"Eu confio em você. Eu tenho pouca escolha. Você me deu o presente da vida."

Reuben toma Nora e sobe em sua sela. Ele estende um braço e levanta seu novo amigo para se sentar atrás dele. Reuben é jovem. O medo e a incerteza o faze avançar. Ele reza silenciosamente para que algo semelhante mantenha a força nas pernas cansadas de Nora.

CAPÍTULO DOIS

Eles cavalgam a um ritmo constante, Reuben consciente da idade de Nora. Ela ainda é forte, mas trabalha sob o peso de dois cavaleiros. Então, Reuben a trata gentilmente, nunca a incitando quando às vezes ela vacila. Mesmo assim, eles cobrem uma boa distância antes de Urso Castanho, virando-se para olhar a distância atrás deles, sibila. "Vejo sinais de cavaleiros em perseguição."

Sem dizer uma palavra, Reuben desvia para a esquerda e dirige-se para um grande aglomerado de rochas. Algumas são enormes e grandes demais para escalar, outras oferecem-lhes cobertura suficiente para se esconderem, no entanto, e Reuben dirige-se para estas. Depois de desmontar, ele leva Nora bem longe de vista. Ele prende-a, consciente de que qualquer surpresa pode assustá-la e forçá-la a fugir.

"Você faz isso como se estivesse acostumado", diz o índio. Ele se coloca atrás de uma grande rocha e ensaia atirar uma flecha. Ele não tem nenhuma e, como se para dar peso a esse fato, balança a cabeça e vira a boca em séria contemplação. "Se chegar a uma luta, nós não prevaleceremos. Você com a sua arma de esquilo de um tiro e eu... nem uma flecha."

"A nossa melhor aposta é mantermo-nos escondidos. Parados

e quietos, até que eles passem. Poderíamos então voltar, confundi-los espalhando os nossos rastros."

O índio olha de olhos arregalados para Reuben e balança a cabeça. "Quantos anos você tem?"

"Quase quinze."

"Você fala com a mente de alguém com o dobro dessa idade. Estou feliz por termos nos conhecido."

"Me perdoe se eu hesitar em partilhar esse pensamento."

O índio dá uma risadinha antes de arriscar uma olhada através da rocha por trás da qual ambos se abrigam. "Eles estão se movendo para o leste. Rastreadores, não são."

Agora é a vez de Reuben rir. "Você soa como um homem branco da forma como você fala."

"Vivo com o seu povo há muitos anos. De vez em quando, rastreio para o exército, ganhei dinheiro suficiente para trocar por comida e equipamento para ajudar a minha família."

"Você rastreou para o exército? Quando foi isso?"

"Há alguns anos. As coisas estão mudando à medida que as pessoas pensam menos nos ataques índios e mais na ameaça de lutarem umas contra as outras."

"Ouvi dizer que há discussões entre alguns dos estados e o governo. Eu não sei muito, só o que meu pai me diz. Ele diz que não está preocupado porque duvida que se a luta vier ela não vai se espalhar por aqui."

"Ele pode estar certo. Eu espero que sim."

"Você acha que vai ser ruim se a luta realmente acontecer?"

"Acho que vai ser muito ruim." Ele mergulha atrás da rocha mais uma vez e estica as pernas. "Devemos esperar até o anoitecer e depois voltar pelo caminho que viemos." Ele pisca o olho. "Como você sugeriu, meu sábio amigo."

Reuben solta um suspiro. "Podíamos tentar voltar para o rancho da minha família. Ninguém vai pensar em ir para lá."

"Isso pode não ser uma boa ideia."

"Por que isso? Porque você é um índio?"

"Eles preferem a palavra selvagem, tenho certeza."

"Então você estaria errado. Meu pai lutou na Guerra Mexicana. Ele me disse que aprendeu muito sobre respeito mútuo e tolerância durante esses tempos."

"E essas lições ele passou a você."

"Eu gosto de pensar que sim."

"Eu sei disso, jovem amigo." Ele põe o chapéu por sobre os olhos e dorme.

Reuben o observa durante algum tempo antes de também se deitar, fechar os olhos e adormecer.

É a manhã do funeral. Todo mundo que é alguém está lá, com pai parecendo que foi congelado, de tão rígido que está. Doc Miller está próximo, seu rosto cheio de preocupação, e Henderson também, o eterno charuto preso no canto de sua boca. Henderson está com uma arma e eu me pergunto sobre isso. Por que é que ele está com uma arma em tal dia, no funeral de minha mãe? Daisy, nossa cozinheira, também está lá, chorando incessantemente com seu marido, Rolles, abraçando-a firmemente. Rolles é um homem enorme. Ele realiza todas as tarefas domésticas, limpeza, reparação, o que quer que meu pai lhe peça. Eu nunca o ouvi reclamar, mas, de novo, eu quase nunca o ouço falar. Hoje não é exceção, a não ser suas feições que estão marcadas de tristeza.

Depois há Benny Bean. Não sei se esse é o seu verdadeiro nome, mas é assim que o chamo por ser alto e magro, como um feijão. Acredito, no entanto, que o seu primeiro nome *seja* Benny. Ele visitava minha mãe todos os dias quando ela estava no seu leito, e lembro-me que ele costumava visitá-la antes disso, principalmente quando meu pai estava longe, no campo. Isso não me incomodava então porque eu não sabia bem o que significava, mas agora estou mais velho e começo a ver as coisas muito mais claramente do que costumava ver. Benny está mais chateado do que ninguém, até Daisy. As lágrimas estão rolando descontroladas pelo seu rosto. Ele está usando um casaco preto e calças riscadas enfiadas em botas pretas de montar. Usa uma gravata fina e uma camisa branca. Está agarrado ao chapéu preto que normalmente usa sobre a cabeça, uma cabeça coberta com cabelos cinzentos como ferro. Se alguém se perguntasse quem ele era, provavelmente diriam que ele era o coveiro. Mas ele não é. Ele é o amante da minha mãe. Eu sei disso agora. Se eu soubesse antes, não tenho certeza do que teria feito. Minha mãe sempre foi feliz em sua companhia. Ela nunca esteve na de meu pai.

Mas meu pai é um bom homem. Posso ver as lágrimas brotando em seus olhos quando o pregador, um homem esquelético chamado Hotspur, chega ao fim de sua oração. Alguém em algum lugar geme e eu procuro nos rostos para tentar encontrar quem, mas não consigo. Há tanta gente aqui. Talvez uma centena. É um dia frio, graças a Deus, porque aqui expostos como estamos, o sol poderia rachar nossa cabeças como um ovo. Talvez Deus esteja do nosso lado, embora eu tenha duvidado muitas vezes disso. Especialmente agora, com minha mãe partindo dessa forma. Alguém disse que era escarlatina, outra pessoa disse que era varíola. Raios me partam se eu sei. Só sei que ela está morta, e acho que foi uma espécie de castigo pela forma como ela vivia. Será que meu pai sabia de alguma coisa disso? Eu olhei para ele. Agora só há eu e meu pai, e ele me assusta. A forma como ele pode ser tão distante. Tão frio. Acho que nunca conseguirei me lembrar de algum momento em que ele tenha me abraçado, me confortado. Não como minha mãe, que estava sempre lá com aquele sorriso adorável e quente. Um sorriso que durava, mesmo depois de Benny ter entrado em sua vida.

Há uma briga. Um grito assustado. Eu ergo o olhar, e meu pai está lutando com Benny no chão. Estou avançando, e vejo Henderson sacar a arma. Mais pessoas berram e gritam, a assembleia se dispersa. Não é assim que deveria ser. Não aqui, não agora, com minha mãe nem sequer debaixo da terra.

"Pelo amor de Deus, parem!"

Eu ofego. Sou eu gritando. Minha voz soa tão aguçada, tão

zangada, e todos olham. Benny luta para ficar de pé, batendo na poeira do seu casaco imaculadamente passado. Depois vem o clique da arma de Henderson quando o martelo é engatilhado. Meus olhos focam no cano enquanto ele engole a terra inteira, de tão grande. Vai fazer um buraco enorme na minha vida e acabar com a do Benny.

Como é que se chegou a isto?

Eu grito "Não!" Mas sei que é tarde demais e a grande arma explode.

———

Reuben se senta, o grito morrendo em seus lábios. Suado, ele vê Urso Castanho reunindo suas coisas, a normalidade da cena trazendo Reuben totalmente desperto. Ele empurra o horror de seu pesadelo para o fundo de sua mente, fica de pé, boceja, e se estica como um gato, gemendo com o prazer de fazê-lo. Batendo os lábios, ele aceita com gratidão o cantil de água oferecido por Urso Castanho. "Você estava sonhando."

"Sim."

"Chorando. Eu não sabia se devia lhe acordar. Quem é Benny Bean?"

Reuben dá de ombros. Não quer entrar nesses assuntos neste momento. Ele bebe, limpa a boca com as costas da mão e força um sorriso. "Por quanto tempo dormimos?"

"Uma hora, talvez duas. Você, muito mais tempo."

"O quê, você me deixou dormir depois de ter acordado?"

"Você precisava descansar." Ele inclina o pescoço para ver o céu. "Em breve será noite. Um bom momento para nos movermos."

Em silêncio eles preparam seus pertences, carregando Nora que olhava com aqueles enormes e brilhantes olhos castanhos para Reuben como se dissesse: 'Por favor, trate-me com gentileza, nobre mestre'.

"No que você está pensando?" pergunta Urso Castanho, um pequeno sorriso em sua cara castanha, profundamente marcada.

"Como os animais nunca se queixam. Eles apenas seguem com suas vidas." Ele balança a cabeça. "Quem me dera poder ser assim às vezes."

"Só às vezes?" Ele solta um suspiro e vira o rosto para o horizonte. "Quão longe até ao seu rancho?"

"Meio dia, mas com Nora sobrecarregada com nós dois, talvez mais tempo."

"Seria uma tolice pressioná-la demasiado."

"Dado isso, devemos estar lá amanhã ao fim da tarde, acho eu."

"Talvez o seu pai não me receba."

"Eu já lhe disse - ele é tolerante, compreensivo. É um homem atencioso."

Um sorriso. Urso Castanho sinaliza que Reuben deveria montar e logo eles estão atravessando a imensidão da planície coberta de neve, iluminada apenas pelo brilho das estrelas.

CAPÍTULO TRÊS

"Eles são bons."

É o silêncio da manhã, o ar estaladiço, não há um som em lugar algum. Eles cavalgaram pela noite e agora estão a uma hora ou mais do rancho. Urso Castanho está de joelhos, lendo os sinais na terra. "Eles moveram-se para trás de nós."

No decorrer das primeiras horas, ele já começou a mostrar a Reuben como ler vários sinais. Coisas elementares mas reveladoras para Reuben, que nada sabia sobre o significado de um pedaço de samambaia partido, uma ligeira impressão no chão. Agora, sentado em cima de sua fiel Nora, Reuben sente o estômago rocar à medida que carrega sua arma de esquilo enquanto estuda a expressão séria de Urso Castanho. A arma tem um alcance ótimo de vinte passos, na melhor das hipóteses. Ele precisa de toda a sua coragem e habilidade se quiser fazer cada tiro valer. Engole com força. "Como é que isso é possível?"

"Alguém do grupo deles é um rastreador." Ele levanta-se, pressiona as mãos na parte de baixo de suas costas e se alonga. "Eles vão nos emboscar, talvez a partir dali." Ele aponta para uma propagação de tojos entremeado por algumas rochas. "Não consigo ver nenhum outro lugar de onde possam lançar um ataque."

"Quantos deles?"

"O suficiente."

Reuben suspira. "Então, o que faremos?"

"Nós vamos para o leste. Talvez a uma ou duas horas de distância, há o rio. Se conseguirmos chegar lá, encontrar um lugar para nos escondermos, talvez tenhamos uma chance. Uma pequena chance, mas melhor do que aqui fora, a céu aberto."

"Mas se eles quebrarem a cobertura e cavalgarem atrás de nós, eles estarão sobre nós. Nora não pode ultrapassá-los. Nós estaremos mortos."

"Não temos escolha, jovem amigo. Estamos mortos de qualquer maneira."

"Eu conheço esta terra", disse Reuben, apertando o maxilar, "e antes de chegarmos ao rio há a cabana da velha Ma Gracie. Podemos nos posicionar lá."

"Quão longe?"

"Difícil de dizer com certeza, mas mais perto do que qualquer outra coisa."

"Ela vai ajudar?"

"Quem? Ma Gracie?" O Reuben riu apesar da situação. "Ela faleceu durante a Revolução, meu pai me disse! A cabana dela é uma ruína, sem teto. Deve estar cheia de coiotes ou guaxinins, mas é o melhor que podemos fazer. Mas acho que devíamos ir a pé, e fingir que não sabemos que eles estão à nossa espera. Podem estar nos observando, e verão o pó que Nora vai levantar se ela galopar."

"Você é mais sábio que a sua idade, meu amigo. Se conseguirmos superar tudo isso, vou lhe ensinar todas as habilidades que conheço, desde sobreviver por aqui no campo selvagem até rastrear seus inimigos. Ou mesmo os seus amigos!"

Isso seria uma coisa boa de se saber, pensa Reuben enquanto ele cai da sela, acaricia o nariz de Nora, e toma as rédeas na mão. "Obrigado", diz ele, e lentamente começa a jornada através do terreno aberto em direção à cabana da velha Ma Gracie.

Nenhum dos dois se atreve a olhar para onde o tojo e os

rochedos estão tão sombrios e silenciosos. Ambos sabem o que os espera lá. Reuben não viu nenhum sinal deles, mas confia em seu amigo índio. Seu olhar firme na direção do novo caminho que escolheu e sua voz é baixa quando ele fala. "Diga-me, Urso Castanho, qual é a sua tribo."

"A minha tribo?"

"Desculpe-me, isso é uma coisa ofensiva para se perguntar? Eu nunca... Desculpe, a minha experiência de vida não se estende a saber muito sobre os índios."

"A minha *gente* você chamaria de Shoshone. Vivemos em pequenos grupos familiares e negociamos com colonos brancos a noroeste daqui. Foi durante um desses negócios que o problema aconteceu pela primeira vez."

"Problemas com aqueles homens que estavam tentando lhe matar?"

Urso Castanho assente. "No início, eles pareciam sensatos o suficiente. Eu tinha peles de búfalo e tendões e estava à procura de milho e abóbora para trocar. Normalmente, essas coisas são uma formalidade. Muitos daqueles com quem eu negociava eram conhecidos por mim e minhas visitas eram bem-vindas. Mas desta vez as coisas tinham mudado. Estes homens eram diferentes. O forte ao qual eu sempre ia não estava mais lá. Bem, o edifício estava lá, as paredes, as torres, mas os soldados tinham ido embora. Partiram. Suponho que devem ter sido convocados por causa do que está acontecendo a leste. Eles deixaram para trás um agrupamento de homens que estavam confusos, perdidos, abandonados. Desesperados até. Homens que foram à deriva; homens que ignoravam as regras."

"Regras? Meu pai sempre me disse que não havia regras aqui fora, e certamente não nos Territórios."

"Não regras formais, mas regras não ditas. As que permitiam que nossas vidas continuassem sem pressa e sem perigo". Mas estes novos homens, porque é isso o que eles eram, não tinham *respeito* pelos acordos aceitos. Praticamente na mesma hora em que cheguei ao forte com a minha mula de carga atrás de mim, eles me insultaram e me repreenderam. Chamaram-me nomes que eu já tinha ouvido antes, mas nunca dirigidos a mim. Alguns deles me chamavam de "Comanche assassino" e eu tentei o meu melhor para não olhar ou ouvir. Mas isso se tornou mais difícil quando eles me cercaram. Seis deles. Homens duros com olhos negros e cheios de ódio. O mundo mudou, meu jovem amigo, e acho que não vai voltar a ser como era por muitos, muitos anos."

"Mas por que é que tais homens iriam para aquele forte? O que estavam fazendo lá se não queriam negociar com você?"

"Acredito que estavam fugindo dos problemas que se desenvolviam em sua terra natal. Conheci muitos homens assim, covardes, desesperados, homens cuja única lealdade é com a sua própria ganância. Onde muitos veem confusão e perigo, outros veem oportunidade. Esses homens, eles eram ladrões. Poucos momentos depois de minha chegada, eles sacaram suas armas, tiraram-me do meu cavalo e saquearam as peles de búfalo de minha mula. Enquanto eu fazia o meu melhor para impedi-los, eles me acertaram, primeiro na barriga, depois na parte de trás da minha cabeça. Eles me chutaram enquanto eu estava deitado no chão, suas pesadas botas entrando fundo e com força na lateral de meu corpo. Eu sabia que tinha poucas chances de parar aquilo, mas quando um deles me pegou pela garganta e me colocou de pé, eu bati de volta. Acertei em sua virilha e, enquanto ele caía, peguei sua arma. Agi de maneira rápida e insensata porque mesmo quando ordenei que se afastassem, eu sabia que eram muitos. Eles riram, zombaram de mim, e naquele momento todas as minhas forças me abandonaram. Baixei o meu braço e um deles, o homem em quem você atirou eu acho, derrubou minha arma e depois me acertou com um golpe na lateral de minha cabeça de tal maneira que senti que estava descendo para um poço negro horrível e rodopiante. No momento em que eu acordei, tudo já tinha desaparecido."

"Roubaram as suas peles, a sua mercadoria?"

"Tudo. Até minha mula e meu cavalo."

"O que você fez?"

"Esperei até o anoitecer. Estavam bebendo num saloon em ruínas. Eu podia ouvir eles, e outros, rindo e cantando, bêbados com seus uísques. Encontrei meu cavalo, mas minha mula... Eles tinham matado minha mula. Sem dúvida ela tinha dado coices enquanto tentavam descarregá-la. Ela sempre foi nervosa, e eu tinha aprendido a tratá-la com cautela. Mas agora ela estava ali deitada, com os olhos bem abertos, o sangue negro à volta de sua cabeça."

Ele caiu em silêncio e Reuben o estudou. O amor deste homem pelo seu animal era profundo, um fato que Reuben achou não só comovente, mas também humilde. A ideia de tal homem ser chamado de "selvagem" não seria contemplada nunca mais, no que lhe dizia respeito.

Depois de alguns momentos, Urso Castanho respirou fundo. "As peles tinham desaparecido, claro, mas minha manta, minha aljava e meu arco ainda estavam lá. Eu não esperei, mas subi nas costas de meu cavalo e gentilmente o levei para longe."

"Mas eles alcançaram você."

"Mais rápido do que eu esperava. Eles atiraram em meu cavalo debaixo de mim... o resto você já sabe."

"Mas eles roubaram a sua mercadoria! Que direito tinham eles de lhe caçar como... como sei lá o quê, porque qualquer animal tem mais graça e piedade do que eles parecem ter?"

"Piedade? Você acredita no Grande Espírito, meu amigo?"

"Grande Espírito? Não sei bem o que isso significa."

"Acho que significa a mesma coisa que o seu deus."

Reuben não sabia o que pensar. A história de Urso Castanho trouxe tudo de volta - a matança, acidental ou não - daqueles homens. Ele estremeceu enquanto as imagens lhe passavam pela mente. Ele tinha catorze anos, um assassino de homens. Como é que ele ia superar tudo isso?

CAPÍTULO QUATRO

E u descobriria muito mais tarde que meu pai estava enlouquecendo de preocupação sobre onde eu tinha ido parar.

Enquanto eu e Urso Castanho vagueávamos pelas planícies, meu pai andava de um lado para o outro de seu escritório, torcendo as suas velhas luvas de couro entre os dedos com velho Lance, o chefe do rancho, e Henderson, o seu assistente pessoal (nunca descobri o que isso o obrigava a fazer) a olhar, a saborear o charuto apagado que ele parecia nunca estar sem.

"Ele já saiu antes," tinha dito Lance.

"Nunca a noite toda! Ele tem catorze anos."

"Ele é durão," acrescentou Henderson.

"Durão ou não, ele está lá fora sozinho. Qualquer coisa pode ter-lhe acontecido."

"Então, o que quer que façamos, chefe?" Lance tinha perguntado.

"Eu não posso deixar Gwyneth. Não agora com ela estando tão... tão perto do fim e tudo."

"Eu sei disso." Lance respirou fundo, recolocando o chapéu, sentindo sua aba. "Vou sair com dois rapazes. Sabemos mais ou menos a direção que ele tomou, e em breve vamos encontrar seu rastro. Tente não se preocupar. Vamos trazê-lo para casa."

Meu pai tinha caído em sua cadeira, olhando para o nada, com os olhos molhados de lágrimas. "Eu agradeço por isso, Lance. São tempos difíceis para todos nós."

"Provavelmente a razão pela qual o rapaz saiu," acrescentou Henderson, rolando o charuto de um canto da boca para o outro. "Todos nós reagimos de formas diferentes."

Lance inclinou ligeiramente sua cabeça e saiu, suas esporas tilintavam enquanto atravessava o chão de madeira.

"Vou dar-lhe uma surra quando ele voltar," disse o meu pai com os dentes cerrados. "Cavalgar por aí numa hora dessas..."

"O rapaz não sabe como lidar com isso. Nem você, Saul. Você precisa descansar, dormir um pouco, se puder. Os seus nervos estão em pedaços."

"Como é que eu posso dormir em tempos como estes?"

"Tente. Vou ao Doc Miller, buscar um pó ou algo assim."

"Não preciso de pó coisa nenhuma, preciso da minha mulher e do meu filho de volta."

"Mesmo assim, eu vou visitar o doutor. Vai com calma até eu voltar."

Henderson tinha se virado para ir quando meu pai gritou, "Acha que ele vai ficar bem? Há índios lá fora."

"Não tantos. O Comanches estão se movendo mais para sul."

"Arapahos. Sempre há Arapahos."

"Chefe, por favor, tente não se aborrecer muito. Lance disse que vai trazê-lo para casa e Lance é o melhor que há."

"Eu sei, mas estou preocupado. Ouvi dizer que o Forte Defiance foi abandonado e que há grupos de comerciantes perambulando sem nada para fazer, a não ser causar problemas. Eles me preocupam ainda mais do que Arapahos."

"Lance cuidará de qualquer problema. Se quiser, posso ir até Defiance, dar uma olhada."

"Não, não, eu preciso de você aqui agora. Vamos esperar e ver."

"Isso é a coisa mais sensata que já você disse há algum tempo. Eu sei que não é fácil, mas não será sempre assim."

"Sempre otimista."

"Mais o realista, Saul."

E com isso ele saiu para ir ao Doc Miller, deixando meu pai com seus pensamentos e suas preocupações, a maior parte das quais eram causadas por mim!

CAPÍTULO CINCO

Eles chegam a uma larga e rasa depressão na terra suavemente ondulada. Uma cortina de árvores escuras parece agir como uma divisão impenetrável entre a impiedosa planície escassa e o que quer que esteja além. Não é isso que chama a atenção de Reuben. Seus olhos são atraídos para a cabana em ruínas e escurecida, seu telhado cedido, suas janelas abertas e, na varanda caída, uma velha cadeira de balanço apodrecida. Fantasmas misturam-se com as ervas daninhas que infestaram as madeiras cansadas; fantasmas do passado, de famílias esquecidas, de uma vida simples mas plena, em uma terra cheia de esperanças e promessas. De uma vida que correu muito mal. Pois este lugar não é habitado há gerações e, à medida que se aproximam, Reuben sente que um familiar presságio se desenvolvendo em seu interior.

Eles andaram muito. As pernas de Reuben doem, mas agora está tudo esquecido. "Não parece muito amigável, não é?"

Ao seu lado, Urso Castanho observa o ambiente. "Aquelas árvores podem esconder um exército inteiro."

"Acha que escondem?"

"Talvez não neste momento." Ele força um sorriso, branco em seu rosto bronzeado e profundamente marcado. "O nosso inimigo está atrás de nós, jovem amigo. Eles já devem ter percebido que não estamos indo para sua emboscada. Acredito que vamos nos sair melhor aqui contra um ataque."

"Mas o que podemos fazer contra eles apenas com uma arma de esquilo para nos defendermos?"

"Vou procurar na floresta por algo para fazer flechas." Ele dá uma palmadinha em sua faca de lâmina larga em sua perna. "Não temos muito tempo, mas eu farei o meu melhor. Enquanto isso, você esconde Nora entre as árvores e faça o que puder do interior da cabana. Use tudo o que você encontrar que possa ajudar na luta que está para vir." Ele para e sorri. Para Reuben, parece um sorriso caloroso de encorajamento. "Tente não ter medo. Se não fizermos estas coisas, eles matam-nos sem perder um batimento cardíaco."

Reuben sabe que é verdade, mas ele ainda não consegue acalmar os batimentos de seu coração, ou a náusea horrível que percorre suas entranhas. Ele desejava ser mais velho, mais forte. Mais do que tudo, ele gostaria de ter trazido o novíssimo rifle de repetição Specer de seu pai. Seu pai tinha ficado tão orgulhoso quando chegou, o mensageiro ficou impressionado ao vê-lo puxar a embalagem para fora. Depois o silêncio. Meu pai pegando-o e olhando para ele como se fosse um amor recém-descoberto. O que talvez fosse. Ele saía e disparava-o todas as manhãs. E agora estava num armário na sala principal e Reuben ansiava tê-lo ao seu lado. Ele melhoraria as suas chances.

Suspirando, ele se move para a cabana depois de primeiro guiar Nora e amarrá-la a uma árvore uns dez passos dentro da floresta. Ao chegar aos fundos da velha cabana, ele dá meia volta e observa. Nora não pode ser vista. Ele sorri. Ao menos alguma coisa correu bem.

De Urso Castanho, não há sinal. Como um daqueles fantasmas sobre os quais Reuben havia pensado, o índio desapareceu no ar. Ele maravilha-se com a habilidade do homem de simplesmente desaparecer. Isso também o assusta.

À porta, ele para e espreita a escuridão. Até o céu, filtrado dos restos das vigas, mal consegue penetrar na escuridão.

Ele quase não conseguia enxergar o caos lá de dentro. Pedaços de móveis esmagados estão jogados ao acaso em cada parte da sala principal; vários potes e panelas e louças quebradas estão espalhados pelas frestas. A lareira está cheia de pilhas de cinzas, folhas apodrecidas e galhos secos, tudo isso se contorcendo com besouros e uma miríade de outros insetos e coisas rastejantes. Quanto mais ele olha, mais percebe que o chão, feito de terra compactada, move-se com uma nação inteira de criaturas. Este jamais poderia ser um lugar para se morar, mas talvez um lugar para se defender.

Se não fosse pelo telhado aberto, é claro.

Ele espreita as porções de azul que conseguem romper o breu e pensa que este teria sido um lugar bom e confortável. Há muito tempo. Antes que os rigores da vida fronteiriça sugassem os sonhos que um dia estimularam as pessoas a virem e se estabelecerem nesta parte do mundo. A coragem e fortaleza deles, pensa Reuben, é algo a se admirar. Essas qualidades são o que ele espera que cheguem a ele durante as próximas horas.

Afastando os seus muitos pensamentos conflituosos, ele começa a formar um anel defensivo, bloqueando as duas janelas abertas que ladeiam a porta com paus de madeira velha. Ele deixa lacunas suficientes através das quais pode mirar a sua espingarda. Então, para a porta, empilha quaisquer peças de mobília que sejam grandes o suficiente para o espaço. A porta já se foi há muito tempo. A entrada aberta será, para além do telhado, a principal fraqueza das defesas.

Há outra porta, no entanto, na parede distante. Ela deve, assim acredita Reuben, levar a um quarto. Antes de fechar completamente a porta para que Urso Castanho possa entrar, Reuben se move para a porta fechada e a empurra para abri-la.

As antigas dobradiças rangem e gemem, mas finalmente, guincha para dentro.

Ele está de pé e por um momento não pode acreditar no que vê.

Então, o pesadelo se transforma em uma realidade horrível e ele grita.

CAPÍTULO SEIS

S oube mais tarde, muito mais tarde, que Lance e dois da equipe de exploradores entraram em Forte Defiance ao mesmo tempo em que Urso Castanho e eu fizemos o nosso melhor para preparar a cabine.

Estava frio quando eles chegaram lá e os homens estavam embrulhados em cobertas, o que lhes facilitava a se misturar com os outros que vagueavam sem rumo pelo interior do forte. Havia uma atmosfera de desespero no local, toda a direção e sentido de propósito desaparecidos. Um clima pesado se instalava sobre o forte, falas sobre uma guerra vindoura saíam dos lábios de todos. Era como se eles tivessem se rendido à inevitabilidade de que o desastre estava prestes a atingir e a mudar vidas para sempre.

Lance procurou o único edifício que continuava a prosperar - o saloon. Embora chamá-lo de saloon fosse um exagero. Lance explicou mais tarde como o balcão consistia em duas longas tábuas, talvez portas velhas, colocadas sobre quatro barris. Havia muitas garrafas dispostas na parede atrás do bar improvisado e um espelho lascado. Quem quer que dirigisse o local tinha trabalhado duro para fazer com que parecesse o mais normal possível. Os homens se apertavam bem juntos, todos eles bebendo suas cervejas e uísques, enquanto no canto um pequeno grupo de violinistas tocava uma série de canções escocesas. Tudo somado, o ambiente era agradável e, dadas as circunstâncias, surpreendente. Será que eles sabiam de algo que ele não sabia, Lance se perguntava?

Pedindo bebidas para si e seus companheiros, Lance estudou os muitos rostos dos que se amontoavam no lugar, todos eles avermelhados pela bebida.

"Seria de pensar que eles estavam celebrando."

Lance olhou para um de seus companheiros, Nils Lofgren, que, como Lance, examinava os arredores.

"Agora que o exército se foi," disse Lance, "eles sentem que foram liberados da coleira."

"Isso vai acabar em problema."

"Sem dúvida. Quero que você circule, tente descobrir alguma coisa sobre Reuben. Veja se algo inesperado ou·fora do comum aconteceu no último dia ou algo assim. Podemos ser capazes de pegar alguma coisa. Uma pista. Qualquer coisa."

Nils tirou seu chapéu e desapareceu na confusão em torno deles.

"O que quer que eu faça, chefe?"

Lance acenou com a cabeça ao seu segundo companheiro. "Dê uma volta lá fora, Mitch. É um grande forte, muitos quartéis, estábulos, banheiros e escritórios. Pode ser que você pegue alguma coisa. Partiremos dentro de uma hora, seja qual for o resultado e pegamos o rastro."

"Se pudermos."

"Nós vamos. Não sei se Reuben viria por aqui, mas acho que ele deve estar perto. Se ele se deparou com problemas, este seria o lugar lógico para ir. É bem conhecido e tenho a certeza de que Reuben conseguiria encontrar o seu caminho, se fosse preciso. Ele é sensato o suficiente."

"E se forem índios, chefe?"

"Seu pai estava preocupado com isso, mas não há relatos de problemas com Arapahos há muito tempo. Os Comanches foram embora e eles também o farão, acho eu. Especialmente quando as hostilidades começarem."

"Acha que vai chegar a isso?"

"As notícias que saem de Carolina parecem sugerir isso e junto com as palavras fortes de Lincoln, acho que é uma certeza."

"Mas Carolina não vai ser capaz de resistir sozinha."

"Não." O Lance olhou para seu copo de uísque. "Estamos olhando na direção do cano de uma arma carregada, Mitch. Acho que está prestes a explodir." Ele suspirou e bebeu sua bebida. "Agora vá e veja o que consegue descobrir."

Mitch Knowles ajustou o seu cinto de armas e vagueou lá fora. Por alguns momentos, Lance observou o homem recuar antes de se voltar para o balcão.

Depois de mais algumas bebidas, os três homens encontraram-se lá fora na praça de desfile empoeirada. Os prédios branqueados pelo sol cresciam a volta deles dos quatro lados. Apesar da contínua bagunça que saía do saloon, uma atmosfera de solidão permeava cada parede de tijolo de lama.

Lance vagueou até ao local onde os cavalos foram amarrados a uma amurada caída. "Alguma coisa?"

"Houve um incidente", disse Mitch, "mas nada a ver com Reuben."

"Como é que você sabe?"

"Teve algo a ver com um índio."

"Foi o que eu descobri", disse Nils. "Parece que esse índio chegou com algumas peles e se meteu numa briga com um grupo de vagabundos. Eles abriram exceção, espancaram-no e depois mataram sua mula."

"Mataram sua mula? Porque fariam isso?"

Nils deu de ombros. "Por diversão, acho eu. Você conhece o tipo, Lance. Ruins, entediados, à procura de ganhar um dólar rápido sempre que podem. Eles não dão muito por ninguém nem nada, a não ser eles mesmo."

"Eles mataram o índio?"

"Não. Parece que ele fugiu e eles foram atrás dele."

"E é só isso?"

Nils encolheu os ombros e enrolou um cigarro usando o tabaco da bolsa que trazia à cintura. "Ninguém disse nada sobre outra coisa, Lance. Isso aqui é onde Judas perdeu as botas, sem dúvidas."

"É mais ou menos isso", colocou Mitch. "Talvez seja uma ideia seguir o índio. Se ele estiver a atravessar o condado, pode ser que se encontre com Reuben."

"E aqueles oportunistas perseguindo-o? É isso o que você pensa, Mitch?"

"É tudo o que temos, Lance."

"Se o que está dizendo é verdade, então jovem Reuben está num oceano de problemas."

"Pode ser."

"Então cavalgamos. E cavalgamos agora."

CAPÍTULO SETE

R euben pega o cantil e bebe irregularmente.

"Eu nunca vi nada assim", diz Reuben, e ele engasga enquanto tira o cantil dos lábios.

Urso Castanho fica na entrada do quarto, incapaz de falar por alguns momentos.

Uma mulher, que pode ou não ter sido jovem um dia, sentada numa cama frágil que quase enche o quarto, de costas para a cabeceira, com os olhos arregalados e sem vida. Seu vestido sujo e esfarrapado está coberto de sangue preto e seco. No centro de seu peito há um buraco.

Ela está morta há tanto tempo que já não resta nenhum cheiro de putrefação. Pele com a consistência de cera, boca apertada, dedos estendidos como se nos últimos momentos de súplica, os nós dos dedos estivessem atados com uma dura corda. Quem cometeu este ato horrível deixou-a agonizado há muito tempo, para sangrar sozinha.

"Vamos ter de enterrá-la", diz Reuben.

"Não podemos."

"*Não podemos*? Não sei nada sobre suas crenças ou religião, ou se você tem alguma, mas não podemos deixá-la assim sem enterrá-la e..."

Urso Castanho passa por ele e fica parado. Ele escuta, cabeça ligeiramente inclinada para um lado, uma única mão levantada impedindo Reuben de continuar.

"O que é isso?"

Urso Castanho abana a mão, incitando jovem Reuben a parar de falar. Reuben esforça-se para ouvir, mas não há nada.

"Eles estão vindo", diz o índio e estende a mão para seu arco. Ele moldou várias flechas a partir do que encontrou entre as árvores. As pontas foram afiadas com sua faca, as extremidades são salpicadas de penas. As hastes podem não ser impecavelmente retas, mas ele parece satisfeito com elas. Seus olhos se estreitam enquanto ele olha para o seu companheiro mais jovem. "Você permanece aqui. Esconda-se, fique quieto. Só atire quando tiver certeza de que vai acertar seu alvo."

Reuben sente o seu estômago embrulhar. "Mas... Você... Onde vai estar?"

"Ficarei fora de vista, para atacá-los da lateral, causar-lhes confusão e medo. Eles vão entrar em pânico, cometer erros. É a nossa única chance. Há seis deles."

"Como é que você sabe disso?"

"Eu contei os seus cavalos."

Antes de Cole pedir mais explicações, Urso Castanho sai silenciosamente pelo do chão acidentado, desaparecendo entre as árvores. É como se ele nunca estivesse lá, um fantasma.

Reuben está sozinho, o único som é o de sua respiração.

Ele precisa correr, para não parar de correr até estar em casa. Ele não se importa se o seu pai se enfureça, lhe dê uma surra. Ele sabe que isso vai acontecer. Ele subirá as escadas e se ajoelhará ao lado da cama de sua mãe novamente, imaginando seu peito subindo e descendo como pregos enferrujados chocalhando em um balde de lata. Sua pele a brilhar de suor. Seus lábios esticados, azuis e agitados. Ela talvez possa vê-lo. Ele não sabe.

Qualquer coisa, apesar de tudo ser um sonho. Um desejo.

Qualquer coisa que não seja aqui e agora, esperando pelos homens chegarem. Assassinos.

Ele funga alto e passa a parte de trás da mão pelo nariz. Está com frio. Ele gostaria de ter um casaco, mas nunca pensou que estaria tão longe de casa. Por que é que ele foi sair? Estúpido. Ideia estúpida. Estúpida demais para se acreditar.

Um estalido de um galho. Um cavalo relincha. Reuben olha à volta e não vê nada. Ele volta a correr para dentro e pega sua arma de esquilo. Está carregada, o que é uma dádiva de Deus, porque suas mãos tremem incontrolavelmente, e ele sabe que não conseguiria calcar uma única bala pelo cano abaixo. Pólvora. Ele tem pólvora. Mas será que ele tem força? Ele é corajoso o suficiente? Atirar no homem de antes, isso foi pura sorte. Ou mais azar. Mas nada que ele tivesse planejado fazer. Isso, isso é um esforço totalmente novo. Planejado. Ele está à altura?

Eles estão se aproximando. Ele puxa a mesa virada e bloqueia a porta. Ele agacha-se e lembra-se do que está no pequeno quarto atrás dele. A mulher morta. A mulher assassinada.

Outro estremecimento. Ele amontoa-se atrás da mesa e segura a arma. Fecha seus olhos e tenta controlar a sua respiração. Talvez eles apenas passem por aqui. Talvez isso não seja nada mais do que um sonho. Um pesadelo terrível que—

"Ei Brady, leva Tims e Coltrane pelos fundos. Wyler, você segura os cavalos aqui. Billy-Joe, você dá uma olhada lá dentro."

"*Eu*? Porque raios você não vai lá dentro, Banner?"

"Estarei logo atrás de você, Billy-Joe, então não vá choramingar para cima de mim, não agora."

"Não estou choramingando, só estou perguntando por que você não pode—"

"E eu lhe disse o porquê, agora faça o que eu mando antes que eu perca a minha paciência com você."

O coração de Reuben bate em sua garganta e em seus ouvidos. Ele está sedento, confuso, incerto sobre o que fazer. Ele deveria ficar quieto, ou se levantar, atirar neste Billy-Joe enquanto ele sobe a varanda. Ele não sabe, e a indecisão o deixa imóvel. Ele está sentado, tremendo. Ele sabe que o relógio de sua vida, que mal começou, está correndo para o seu fim.

CAPÍTULO OITO

Ouvi isto de Urso Castanho muito depois. Foi o seu ponto de vista e não tenho como confirmar ou rejeitar, mas o que eu sei é que estamos vivos. E é por causa dele.

Três homens desmontados vieram pisando através das árvores, fazendo mais barulho do que búfalos desenfreados. Em sua arrogância, eles devem ter acreditado que não houvesse ninguém lá ou, se houvesse, nada aconteceria. O plano deles, tanto quanto pudesse ser compreendido por esta marcha descuidada e desdenhosa, era circular pela parte de trás da velha cabana, avaliar qualquer perigo, e depois atacar pelos fundos. Talvez subir pelo telhado, cair no interior através dos buracos, despachar quem estivesse lá dentro. Devem ter acreditado que sua presa estava lá, tremendo de medo, membros congelados de terror, incapaz de responder.

Eles estavam errados.

Uma flecha atingiu o homem que os liderava na garganta. Por um terrível segundo tudo parou, o puro choque do ataque incompreensível para todos aqueles que o viram. Após alguns segundos, o homem ferido respondeu, engasgando, desesperadamente agarrando a flecha, num esforço inútil para puxá-la para fora. O sangue se espalha sobre sua mão e ele se ajoelha, com os olhos cheios de terror. Ao seu redor, seus companheiros disparam, correndo em direções opostas, descarregando suas armas, mas é incerto que o homem ferido esteja ciente do que acontece. Ele se dobra para frente, com a face impactando o chão e não se move mais.

Urso Castanho também está em movimento. Ele não espera para ver o sucesso de sua primeira flecha. Ao contrário dos outros, ele se move com a graça de um veado, agilmente saltando árvores caídas, abaixando-se sob uma das outras. Ele vem para cima dele em silêncio. O homem está alimentando precipitadamente sua pistola, mas é um processo demorado, e ele reage tarde demais às pegadas atrás dele. A faca corta suas costas, penetrando profundamente, cortando seus pulmões. Logo ele está se debatendo de forma ineficaz. A lâmina retira-se e ele cai. Atinge-o novamente, duas, três vezes. Golpes violentos, sem coração, entregues com precisão aterradora, destruindo órgãos internos, submergindo o corpo do homem em sangue. Ele morre entre folhas caídas e galhos espalhados e Urso Castanho tira do homem a sua arma antes de se afastar para procurar outra presa.

Dentro de momentos ele o encontra. Sentado numa árvore caída, o homem está febrilmente recarregando sua pistola. Ele estala a cabeça quando Urso Castanho aparece por entre as árvores. Ele bale como um cordeiro recém-nascido chamando por sua mãe. Esticando as palmas das mãos, abana a cabeça, implorando: "Por favor, não, não!" Mas Urso Castanho conhece estes homens. Conhece o tipo deles. Eles tiraram-lhe tudo, mataram sua mula, e agora é a vez deles de morrer.

Ele atira no homem, esvaziando a arma que segura até que o homem não seja mais do que uma confusão de feridas abertas.

Ele joga fora uma arma e substitui-a pela outra. Rapidamente completa a recarga, pega mais pólvora e munição, e se desloca de volta para a floresta escura para voltar para a cabana para dar uma chance ao garoto.

CAPÍTULO NOVE

R euben ouve o som de tiros. É surpreendentemente próximo, e ele é dominado pela incerteza e pelo medo. O que isso significa? Urso Castanho não possui uma arma. Será que aqueles homens que atravessam o bosque podem ter encontrado o índio e o mataram?

Reuben não tem como saber, por isso ele se senta encolhido atrás da mesa virada e espera.

Ele não tem de esperar muito.

Há mais tiros. Espaçados uniformemente, não ferozes como antes. Deve significar apenas uma coisa - Urso Castanho foi baleado. Morto. Está tudo acabado.

E então ele ouve vozes urgentes vindas de fora.

"Billy-Joe, pare de enrolar e entre naquela cabana!"

"Mas aquele tiroteio vem das árvores, Banner, não era melhor irmos dar uma olhada?"

"Nós vamos, assim que você tiver verificado aquela cabana. Agora, idiota!"

Respirando fundo, Reuben fica de pé, a espingarda de esquilos apoiada em seu ombro, o fino cano longo apontado infalivelmente na direção do homem de cabelos amarelos, de pé a menos de meia dúzia de passos dele.

Ele não pode falhar.

Ele não falha.

A arma de esquilo explode, sua bala única de pequeno calibre atinge o homem na garganta, arremessando-o voando para trás, braços abertos como se estivesse na tentativa de se manter de pé. Ele bate no chão e se contorce em agonia, debatendo-se em uma desesperada tentativa de parar o fluxo de sangue borbulhando da ferida.

Reuben fica boquiaberto com o que fez. Acabar deliberadamente com a vida de outra pessoa. A sua espingarda cai das trêmulas mãos dormentes enquanto a enormidade do ato cai sobre ele.

Outro homem, muito mais velho, está a uns dez passos para além do homem moribundo. Ele está olhando incrédulo para o que aconteceu antes que seus olhos se ergam e se fixem nos de Reuben.

Um grito minúsculo escapa dos lábios do jovem enquanto o homem levanta a sua arma. Ele ouve o lento e deliberado martelo e fecha os olhos se preparando para o inevitável.

Mas não há nada além de um ruído suprimido de som. Algo corta pelo ar e Reuben abre os olhos para ver o homem virando-se e correndo, balançando a mão da arma, e gritando para mais um homem lutando para controlar seu cavalo: "Saia daqui, Wyler! Há muitos deles!"

Reuben observa. O homem chamado Wyler tenta virar o seu cavalo aterrorizado, no meio tempo acena com a mão na direção do outro, incitando-o a afastar-se.

"Monte, Banner! Rápido, maldição. Rápido!"

Todos os cavalos estão nervosos, o som dos tiros os faz relinchar e queixar-se, fora de controle. No meio do caos de cavalos cada vez mais alarmados, o homem chamado Banner consegue evitar os coices. Ele se puxa para cima do cavalo mais próximo, no mesmo instante que Urso Castanho sai das árvores para soltar outra flecha. Atinge o primeiro homem, Wyler, no alto do ombro esquerdo. Ele grita enquanto luta para controlar o cavalo sob dele. Banner chuta sua montaria, toma as rédeas de Wyler e dispara. Os dois galopam, os cavalos deixados para trás em um frenesi, atacando em várias direções, sem cavaleiro, confusos e aterrorizados.

Reuben, tremendo, não encontra palavras enquanto o índio vem diante ele, e de repente, ele está caindo nos braços de seu novo amigo, sem força em suas pernas.

CAPÍTULO DEZ

E le não sabe dizer por quanto tempo dormiu. Se o seu estado inconsciente pudesse ser considerado como tal. É um sono diferente de qualquer outro que ele já tenha experimentado. Cheio de imagens violentas e fortes. De homens, negros de sangue, gritando, implorando por misericórdia, clamando a Deus por perdão, salvação, qualquer coisa. E Reuben está no meio de uma massa de corpos contorcidos, de espingardas erguidas para o alto, rindo de seu sofrimento. Mas então, quando o sangue corre sem controle pelos seus braços para pingar dos dedos rígidos, de repente ele se dá conta de seu entorno e ele também começa a cacofonia dos gritos.

Alguém o balança, e ele acorda, assustado e senta-se.

O rosto de um homem aproxima-se e toda a extensão de sua visão. Um rosto largo e plano. Profundamente marcado, a carne tem a consistência de couro marrom.

"Reuben, meu amigo, acorde!"

Reuben empurra os braços do homem e olha em volta, desorientado, assustado. "Onde é que eu estou? Onde está meu pai? O que está acontecendo?"

Ele luta para se pôr de pé, mas há pouca força nos seus membros e ele cai novamente, batendo as costas na grande rocha atrás dele. Ele estremece e range os dentes para engolir o grito que sobe por sua boca.

"Reuben, você está com febre, acho eu. Trazida pelos horrores que você testemunhou."

O homem está de cócoras e parece preocupado, com um profundo franzido em seu rosto escarpado. Reuben acha que o conhece, mas sua mente está confusa, seus sentidos estão vacilantes. Algo corrói a sua consciência. Algo terrível aconteceu. "Oh, meu Deus..."

"Você me conhece? Sabe onde você está?"

À sua volta, a imensidão da planície estende-se em todas as direções. Aqui há pouca cobertura, alguns tufos de sálvia, alguns fragmentos de rochas e seixos, mas essencialmente esta é uma terra vasta e sem fim que não lhe dá pistas sobre seu paradeiro. Ao longe, a mancha roxa das montanhas e acima delas a imensidão do céu, limpo, sem nuvens. "Eu não estou nada perto de casa."

"Você está, meu amigo. Peguei você na cabana e cavalgámos na direção do rancho de seu pai. Não podemos estar muito longe, não agora. Cavalgamos por talvez três horas."

"Três horas... não entendo..."

"Você está abalado, meu jovem amigo, e a sua memória está afetada. É compreensível, depois do que aconteceu."

"Aconteceu? Aconteceu com o quê? Eu não sei do que você está falando. Ajude-me a levantar, está bem?"

Reuben estende a mão e agarra os braços do homem. Eles são duros e fortes sob seus dedos. Os músculos flexionam e o homem o põe de pé. Reuben se levanta, balançando ligeiramente, e se esforça para encontrar seu rumo. "Fui atingido? Ferido de alguma forma?"

"Não nos caminhos da carne, não. Mas de outras formas, acho que você foi. Vai levar algum tempo para recordar, mas tente não pensar muito nisso. As memórias voltarão em seu próprio tempo."

"Que memórias?" Ele arrasta a manga pela testa. "Você não

está fazendo sentido algum. Onde estamos, caramba!" Ele se liberta das garras do homem e fica de pé e boquiaberto. "Quem é você? Por que está comigo?"

"Meu amigo." O homem parece alarmado, seus olhos vivos de preocupação, talvez até de medo. "Não consegue se lembrar de nada?"

Reuben rodopia e ataca qualquer número de inimigos invisíveis que o pressionam por todo o lado. "Deixem-me em paz!"

E então o homem agarra o ombro dele, e o gira. "Quieto! Aproximam-se cavaleiros."

Reuben tropeça de trás. Ele bate na grande pedra e cai. Sem equilíbrio, sentidos fora de controle, ele tropeça. De algum lugar há um grito alto, uma voz das profundezas de sua memória. Uma voz que ele conhece.

"Reuben!"

Em grandes nuvens de poeira, chegam homens que lutam com cavalos que fungam e pisam. Reuben está de costas na terra. Ele olha através da confusão de homens, cavalos, e terra agitada para ver um dos cavaleiros acertando o outro homem com a pistola, aquele com a cara castanha. O homem marrom cai e um segundo homem bate com a parte de trás de sua carabina na lateral da cabeça do homem caído.

"Amarrem-no", ruge o homem que Reuben pensa que conhece. Ele é um homem de aparência amigável, e se aproxima mais, estende as mãos para ajudar Reuben, um sorriso quente em seu rosto. "Reuben", diz ele tão suavemente, "está tudo bem, você está a salvo agora. Vamos para casa."

CAPÍTULO ONZE

Há uma estranha e deprimente atmosfera na casa. Reuben está na porta e ali está seu pai meio que correndo em sua direção, as lágrimas rolando pelo seu rosto. Ele envolve seus braços em torno de seu filho e o abraça. "Graças a Deus você está seguro", diz ele, com a boca pressionada no pescoço de Reuben. "Pensei que tinha te perdido."

Reuben não entende. Ele sabe que esse edifício é sua casa, apesar de não reconhecer nenhuma das suas características. É a sensação do lugar, o cheio. Todo o resto é um nevoeiro vago e impenetrável.

"Anda, vamos arranjar algo para você comer", diz o homem que ele sabe que é seu pai. "Vou pedir a Isabelle para preparar um banho. Você pode relaxar."

Como se numa espécie de atordoamento, sem saber para onde vai, mãos o levam gentilmente pela grande escada. Uma mulher, de cabelos negros, bonita, está sorrindo. Ela pega em sua mão e leva-o para um cômodo amplo e requintadamente mobiliada. Cheira a lavanda e uma única janela olha para a extensão do rancho. Reuben dirige-se a ela quando a mulher diz: "Vou preparar um banho, Mestre Reuben."

Mas a atenção de Reuben não está na mulher ou no seu

ambiente. Ele sabe que há algo mais importante que ele precisa resolver. Algo urgente, imediato.

Para além do vidro, ele os vê levarem o homem castanho. Eles o espancam, e o arrastam através do jardim da frente, com os pés descalços arrastando-se pelo chão.

"Vamos enforcá-lo", diz seu pai atrás dele. Reuben se vira para vê-lo de pé, mãos nos quadris, o sorriso já não está mais no rosto, substituído por uma careta assustadora. "Não sei o que raios ele fez a você, rapaz, mas como Deus é minha testemunha, não deixarei isto passar sem retribuição. Ele será enforcado e nós vamos vê-lo morrer. Espero que depois disso você consiga encontrar alguma paz."

Ele sai da sala e Reuben não tem as palavras porque nada faz sentido. Ele se vira novamente e olha através da janela. Eles estão amarrando os pulsos do homem marrom às suas costas com cordas de couro. Ele mal consegue ficar de pé. Novamente, eles o arrastam, desta vez para um celeiro, e o jogam para dentro. Um homem alto abaixa a tábua para prender as portas duplas. Ele esfrega as mãos com luvas e está rindo, embora Reuben não possa ouvir. Seus companheiros também estão rindo, e eles se afastam e parecem orgulhosos. Orgulhosos do que eles conseguiram.

Mas o que é que eles conseguiram, pergunta-se Reuben? Ele pressiona a sua testa contra o vidro frio. Há algo de errado nisto. Ele se esforça para se lembrar, mas tudo o que ele tem são cenas intermitentes e irregulares em sua mente. Há tiros. Muitos tiros. E um homem, de cabelo loiro, magricela, tem os olhos arregalados de surpresa. E horror.

Depois a explosão de um único disparo.

Os olhos do Reuben abrem-se. Ele está atordoado, mal consegue se concentrar no mundo além do vidro. Gradualmente, sua mente se limpa, a névoa se dissipa para que ele perceba a realidade, o mundo ao seu redor. Soltando um suspiro, ele se balança. As peças se encaixam em seus lugares. Nem todas uniformemente, mas ele tem a aparência da verdade, do que aconteceu. Ele sabe, com uma certeza assustadora, que matou um homem no dia anterior. Levantou-se e matou-o. Deliberadamente. Não foi acidente desta vez. Ele lembrou-se do acidente, da morte dos dois homens e de como salvou o índio que fugia para salvar a sua vida.

Urso Castanho. O homem castanho que estão espancando até a morte e que estão prestes a enforcar é seu amigo!

Ele corre para fora do cômodo, descendo descuidadamente as escadas, deslizando sobre os últimos degraus para pousar de joelhos. Sem fôlego, ele ignora a dor e põe-se de pé, assim que seu pai emerge de sua espaçosa sala de desenho com sua bela coleção de livros e pinturas. O seu santuário interior. Ele o protege das preocupações e medos que varrem esta casa, a constante ameaça de morte. A mãe de Reuben, sempre tão perto da morte, agarra-se a um fio fino e frágil.

"Reuben? O que você está fazendo? Você precisa descansar."

Reuben balança, mas quando o pai dele se aproxima, ele levanta as duas mãos. "Não! Urso Castanho, o que acha que está fazendo com ele? Você não pode—"

"Urso Castanho? Quer dizer aquele selvagem assassino que tentou te matar?"

"Foi... Querido Deus, pai — ele salvou minha vida!"

"*O quê?* Você está louco? Lance apanhou-o em flagrante. Seu cérebro está confuso, está misturando as coisas por causa do que aconteceu com você!"

Reuben treme, o seu corpo convulsionando. Ele está lutando contra um desejo avassalador de cair, fechar os olhos e dormir por cem anos. "Não", diz ele, voz tão pequena e assustada. "Não, pai. Ele salvou-me. Os homens com quem lutamos? Eram eles. Pai, os que vieram atrás de mim pelo que eu fiz." É a sua vez de seguir em frente. Ele coloca as mãos sobre os ombros de seu pai e olha bem fundo nos seus olhos. "Pai, acredite em mim. Sem ele, eu estaria morto e você estarias prestes a enterrar dois membros da sua família."

Seu pai cai para trás, as palavras como bofetadas em seu

rosto. Ele borbulha, lábios a tremer. Sua voz não passa de um coaxar, "Reu... ben..."

Sem mais uma palavra, Reuben passa por seu pai e corre lá para fora. Ele ignora os gritos atrás dele, os homens junto ao pasto cercado no centro e corre, levanta a tábua, entra no celeiro e lá encontra o Urso Castanho suspenso de uma viga do telhado. Ele corre para o seu amigo. "Urso Castanho, fale comigo!"

O índio, cujos pulsos estão sangrando de onde as cordas de couro os mordem, olha para baixo e uma fração de sorriso cruza seu rosto quebrado e machucado. "Meu amigo..."

"Espere, espere." Reuben gira quando uma mão forte lhe agarra o ombro. É Lance, o chefe do rancho. Ele parece zangado. "Desça-o, Lance. Desça-o e depois leve-o para dentro."

"Eu não vou fazer tal coisa - aquele selvagem vai ser enforcado pelo que fez."

"Ele não fez *nada*. Você atirou nele?"

"Atirar nele? Não, isso foi só um joguinho, para assustá-lo. Parece um pouco preocupado demais com ele, Reuben."

"Ele é meu amigo. Agora corte as cordas. Eu ordeno."

"*Você* ordena?" É Nils Lofgren, um dos homens que espancou Urso Castanho até quase matá-lo. "Ele tentou te matar, sua cria ignorante."

"Não, ele não o fez. Ele salvou-me."

"Nós o vimos", diz Lance, "nós o vimos com você. Lutando com você, prestes a colocar essa faca em você!"

"Não, não, não! Vocês entenderam tudo errado."

"Acho que não. Nils, leve o Mestre Reuben lá para dentro até termos isto feito."

"*Não!*"

Reuben afasta a mão de Lance de onde ela ainda estava agarrando seu ombro e, no mesmo movimento, pega a arma do chefe do rancho e a tira do coldre. Ele afasta-se, acionando o martelo. "Cortem-no, ou então que Deus me ajude eu mato todos vocês."

"Reuben!"

Todos se viram para ver o pai de Reuben enquanto ele caminha pelo pátio até a entrada do celeiro. Ele parece uma bagunça desgrenhada, o estresse e a ansiedade dos últimos dias vêm todos à tona. Parece estar à beira do colapso. Ele transpira, treme. As lágrimas rolam-lhe pelo rosto.

"Reuben, largue essa arma!"

"Não, pai. Sempre lhe segui, lhe ouvi e fiz o que me pedia, mas agora não." Ele vira os olhos novamente para Lance. "Não vou lhe pedir outra vez." E então, inacreditavelmente, e talvez o mais assustador de tudo, ele sorri. "E não pense que não o farei. Eu matei três homens nos últimos dias e não hesitarei em matar você."

Lance lança um olhar para o pai de Reuben que está de pé, derrotado e com medo. Ele acena uma vez com a cabeça.

Reuben afasta-se para dar espaço aos homens para se aproximarem. Ele os observa enquanto eles cortam as cordas que seguram Urso Castanho, um dos homens segura as pernas enquanto Lance corta o couro que amarra os pulsos.

Quando terminaram e Urso Castanho estava no chão, Reuben gesticula com a arma. "Levem-no para dentro de casa e tratem dele."

"Eu vou espancar você por isto", rosna Lance enquanto ele se afasta do corpo inconsciente de Urso Castanho.

"Não, não vai", diz o Reuben. "Já não sou um rapazinho, Lance, que você pode intimidar e ameaçar. Esses dias acabaram."

"Você colocaria esse selvagem imundo à minha frente?"

Os olhos de Lance estão esbugalhados, o rosto contorcido e vermelho como se estivesse sofrendo uma apoplexia.

"Ele é o homem que salvou minha vida", disse Reuben. "Ele é meu amigo."

CAPÍTULO DOZE

Eles sentam-se à volta da grande mesa de jantar, Reuben numa ponta, o seu pai na outra. Ambos encaram suas sopas. Um criado, um velho mexicano magricela conhecido apenas como Miguel, fica de pé e espera. Há um curioso meio sorriso em seu rosto lustroso como se fosse o guardião de segredos divertidos. Reuben sempre sentiu uma ligação com ele. É um laço semelhante ao que ele desenvolveu com Urso Castanho, que dorme em um dos quartos do andar de cima.

Ao terminar sua sopa, Reuben empurra a tigela para longe e encosta-se na cadeira. Miguel afasta-se da parede e leva a sopa acabada.

"Os homens que você matou...?" vem a voz do outro lado da mesa.

Reuben olha para seu pai. Ele senta-se encolhido, afundado dentro de si mesmo. Ele parece uma pequena criança, mas a mesa é grande, com mais de três metros e meio de comprimento. É essa a razão?

Reuben encara seu pai. "Eu não queria fazer isso. Foi um acidente horrível, mas eles provavelmente não o viram dessa maneira. Eles vieram atrás de nós, pai, e teriam nos matado se Urso Castanho não tivesse agido."

"Você parece admirá-lo."

"Aprendi muito com ele no pouco tempo em que estive em sua companhia. Ele vai ensinar-me a rastrear."

"Como...?" Seu pai empurrou-se para trás na cadeira em irritação, atirando a colher fazendo com que ela esparramasse a sopa antes de saltar de lado e cair no chão. "Rastrear? Você está louco, rapaz? *Rastrear*? Você não precisa fazer essas coisas. Temos homens e vaqueiros sob comando em abundância para realizar tais tarefas."

"Não me interessa o que temos, pai. Eu não vou ser uma gerente de rancho."

"Claro que não - você vai ser dono de um rancho! Quando eu morrer, tudo isso será seu."

"Não tenho certeza se quero isso." Ele ignorou o olhar escandalizado de seu pai e continuou. "Estou mais feliz sozinho, pai, no campo aberto. Vou alistar-me ao Exército, ser um batedor."

O silêncio de seu pai era pior do que qualquer coisa para a qual ele pudesse ter se preparado. Miguel chegou com o prato seguinte, e Ruben olhou fixamente para o bife com feijão verde, o cheiro fazendo sua boca salivar.

"Só posso dizer como estou aliviado que sua mãe não estará aqui para ver seu único filho tornar-se nada mais do que um lacaio do exército."

"Em vez de um lacaio do rancho, você quer dizer?"

"É o seu direito de nascença!"

"Mas não é o que eu quero."

Um silêncio caiu sobre eles e permaneceu lá por muito tempo.

Ele sobe os degraus, cada um parecendo ecoar em seus rangidos o medo em seu coração. Por quantos dias mais ele faria isso, visitar sua mãe doente em sua cama, sentar-se ao lado dela, segurar suas mãos e olhar para ela enquanto lutava em vão contra o inevitável? Ao chegar lá em cima, ele para e tenta ouvir alguma coisa. Um dia, ele sabe que vai fazer isso, e não haverá nada. Um silêncio sinistro e horrível. Ela terá parado de respirar, e ele não teria estado com ela. Agarrado por um súbito terror de que este pensamento se tornasse realidade, ele irrompeu pela porta de seu quarto.

Lá estava ela deitada, como sempre, apoiada em travesseiros, o rosto brilhando com uma fina película de transpiração, a palidez doentia e verde, mas respirava. Reuben quase desmaia de alívio e ele vai tropeçando até a lateral de sua cama e se joga na cadeirinha de costas duras. É sempre aqui que ele se senta.

Ele estende sua mão e pega numa mão fria e frágil e a aperta ligeiramente. Um minúsculo gemido e ela vira a cabeça para olhar para ele. Os olhos dela enrugam-se. Um sorriso. Isto exige um esforço enorme, mas ele sabe que ela está satisfeita, e isso é tudo o que importa. Uma pequena cintilação de normalidade num mundo enlouquecido.

Ela não fala. Ele fala, dizendo-lhe algo de seu dia, mas não tudo. Ele não quer causar-lhe angústia. Doc Miller disse para a deixar descansar. Reuben nunca entendeu bem o objetivo disso. Ela estava morrendo. Um dia, em breve, ela estaria morta, e então ela poderia descansar. Por enquanto, ele a queria acordada porque mesmo em seu estado enfraquecido ela ainda era sua mãe, e ele a amava. Mais do que tudo.

Ele se senta e estuda o rosto dela, o desconforto óbvio ali, mas também a força dela. Como ela consegue continuar é um espanto para ele. É algo que ele mesmo espera desenvolver. Aquela força de caráter, aquele poço de resiliência que ele conseguiu acessar quando confrontado com a morte quase certa lá na cabana. Ele tem certeza que herdou essas características de sua mãe. O que é que ele vai fazer sem ela?

Algum tempo depois, ele se afasta. Ela está dormindo, sua respiração é superficial, mas não difícil como costuma ser. Ele caminha suavemente, atravessando o quarto até a porta.

Enquanto seus dedos seguram a maçaneta, a voz dela vem até ele, soando forte. "Reuben..."

Ele vira-se, de olhos arregalados. Incapaz de acreditar que ela possa ser tão coerente. "Sim, mamãe?"

"Eu te amo, Reuben. Você é o meu melhor rapaz."

Os olhos dela fecham. Os olhos dele se enchem com lágrimas.

São as últimas palavras que ela fala.

CAPÍTULO TREZE

Não estou aqui para contar histórias de coisas das quais não tenho conhecimento, mas o que se segue são as palavras de Lance, transmitidas a mim e a meu pai na mesa da sala de jantar. Ele já contou da sua chegada em Forte Defiance, mas agora nos conta o que descobriu sobre a natureza dos homens que rastreavam a mim e Urso Castanho, o que resultou no tiroteio na cabana.

Lance sentou-se ao lado da mesa de jantar, cotovelos na mesa, queixo nas mãos. Ele lentamente relatou o que tinha apreendido ao questionar vários bêbados e apostadores em Forte Defiance. "Parece que o líder de uma gangue de oportunistas atendia pelo nome de Banner. Ele não era o tipo de homem com quem partilhar uma cama, nem nada mais. Um homem violento e desinteressado, ele se mudou para o oeste depois de matar um caixa de banco numa pequena cidade da Nova Inglaterra. Desde então, ele vagou sem rumo de uma cidade pioneira para a próxima até chegar a Forte Defiance. Sem um tostão e à procura de trabalho e outras "oportunidades", ele se aproximou de um grupo ruim. Passando quase todo o seu tempo no salão do forte, eles jogavam e bebiam o dia todo até que um deles viu um índio solitário chegar ao forte com uma mula carregada de peles de búfalo. Atacando o índio, eles depois reagiram quando o índio conseguiu escapar. Eles foram atrás dele e foi a última vez que alguém ouviu falar dele."

"E estes foram os homens que vieram atrás de você?" pergunta meu pai, os seus olhos severos aborrecidos para mim.

Eu não estava prestes a ser intimidado. Eu sento-me direito, devolvendo-lhe o olhar. "Acredito que devem ter sido, pai."

"Mas por que vir atrás de você?"

Nesta altura, Lance gira no seu assento de forma a ficar de frente para mim. "Essa é a parte que eu não entendo bem."

"Acho que está na hora de nos contar tudo, Reuben."

Então, eu o faço. Respiro fundo para me acomodar e depois relato tudo o que aconteceu, desde o meu cavalgar pelas planícies, até ver Urso Castanho ser perseguido por aquela escória assassina, do meu tiro que levou a tanta violência e ao último tiroteio na cabana. Não deixo nada de fora, sendo tão honesto e aberto quanto posso ser. Ambos ouvem sem comentários. E quando eu termino, meu pai é o primeiro a reagir. Ele senta-se, cruza os braços e esse olhar... é fulminante.

"Você salvou a vida de um selvagem?"

Este é Lance. Sua expressão é diferente da de meu pai. Onde meu pai é sério, intransigente, Lance é cheio de amargura, até de nojo. Sua boca está franzida como se ele estivesse saboreando algo ruim.

Eu não serei intimidado. Não me interessa o que Lance acha. Ele já viveu sua vida no campo, mas duvido que alguma vez tenha conversado com um nativo. É assim que eu gosto de me referir a eles. Eu já li a história. Eu já ouvi. Eles estiveram aqui milhares de anos antes de nós. Se alguém tem direito a esta terra, são eles.

"Eu salvei a vida de um ser humano", digo eu, mantendo a minha voz baixa. Não quero perder a calma com Lance. Ele é o homem de maior confiança de meu pai, mas os seus modos e as suas ideias são desagradáveis para mim. Eu tenho quase quinze anos de idade. Minha mente ainda pode ser moldada, mas não da maneira que Lance gostaria.

Olhar para trás não é fácil. A passagem dos anos dificulta a memória e tantas coisas aconteceram na minha vida desde aqueles dias que às vezes esqueço os detalhes. Portanto, estou me lembrando dos acontecimentos com o olhar de um adulto, não da impetuosidade da juventude. Mas lembro-me de Lance e da expressão em suas feições. Ele me detestava. Eu podia vê-lo em cada linha, em cada ruga. Eu era parecido demais com minha mãe, conseguia ouvi-lo pensar. Não o suficiente como meu pai, o homem que tinha construído o rancho do nada todos aqueles anos atrás. Muito antes de eu nascer, ele e Lance trabalharam a terra, tornando-a fértil, transformando poeira e mato na suave paisagem sobre a qual cavalos e gado podiam correr e pastar. Por dez ou mais anos eles trabalharam, e o sucesso veio lentamente, mas *o sucesso veio*, e a família se espalhou e floresceu, abundante com vida. Lance e Henderson lutaram contra Arapahos e Comanches nos velhos tempos, enquanto meu pai cuidava de minha mãe, que estava sempre doente. E quando ela ficou grávida de mim, os tempos eram difíceis e perigosos. Mas eles venceram e meu nascimento foi celebrado. Em breve, porém, com o passar dos anos, Lance, mais do que ninguém, se voltou contra mim. Ele pensava em mim como um fraco, não confiável, um sonhador que nunca se entregaria inteiramente ao rancho. Em tudo isso, ele estava certo, a não ser pela parte do 'fraco'. Eu sabia que não era fraco, mas a minha força era diferente da dele e da de meu pai. Eu não via meu futuro nas costas de um cavalo, conduzindo gado para o mercado. Eu queria fazer outra coisa. Devolver. Servir.

Então, aqui estava eu.

À mesa, segurando o olhar enfurecido de Lance.

"Eu sei como eles são, não se esqueça", diz ele através de dentes cerrados. "Eu lutei com eles, matei-os. Eles são desonestos, vingativos, cheios de ódio."

"Um pouco como você, Lance?"

Vejo as mãos dele segurando os braços de sua cadeira. Lívido, mal consegue controlar a sua raiva, ele começa a levantar de sua cadeira.

"Lance", dispara meu pai, "sente-se e esqueça isso."

"Ele é seu sangue, mas eu não serei insultado." Ele se jogou de volta no seu lugar, o rosto vermelho, respirando irregularmente. "Não me esqueci que apontou uma arma para mim, garoto. Não vou deixar que isso fique sem resposta."

"Você esquece", digo eu, e não posso deixar de sorrir, "que essa era a sua arma, Lance." E, para marcar o ponto, dou uma palmadinha na pistola que tenho enfiada na cintura. "Esta arma."

"Você vai deixar ele se safar com isto?" Lance cospe, buscando meu pai, que agora também está começando a rugir de raiva.

"Reuben, é melhor recuar. Eu quero você e o selvagem fora ao amanhecer, está me ouvindo. Leva o seu saco de dormir e um par de cavalos - não aquela velha égua que você costuma montar. Um bom e forte cavalo. Cavalguem e façam o que devem."

"Como? Matando-os?"

"Não há outro jeito, rapaz. Você trouxe isto às nossas cabeça, e cabe a você consertar as coisas."

"Isso é magnânimo de sua parte, pai."

Lance zomba, "Seria melhor passar mais tempo aprendendo a amarrar bois do que lendo os seus livros extravagantes."

Ele estava certo nisso, tenho de confessar. Minha mãe ensinou-me a ler quando eu mal conseguia andar, e eu nunca parei. Eu não via isso como um obstáculo para crescer, mas sim o contrário. Trancado dentro do rancho, por mais vasto que fosse, a leitura deu-me as chaves para fugir. Eu li, e aprendi. Agora, eu ansiava por experimentar por mim mesmo o que estava além dos limites da nossa terra. Não da maneira que Lance e meu pai estavam insistindo. Da minha própria maneira. Aqueles homens que estavam vindo, como eu sabia que estavam, estavam no meu caminho.

"Muito bem, pai", digo eu. Eu me abaixo e pego a cadeira que atirei ao chão. Fico olhando para ela por um momento. "Vou fazer o que devo mas, Lance, a partir de agora não se meta no meu caminho."

"Isso é uma ameaça?"

"Não, é um pedido."

"Educado de sua parte."

Eu sorrio e vou-me embora.

"Leva algumas armas de sela", diz meu pai. "Não leve a Remington. Há uma cinta de Colt Dragoons no corredor que será de melhor uso, juntamente com minha velha carabina Hall. Pode leva-los com você, Reuben. Serviram-me bem e vão cumprir o trabalho."

"Certifique-se de levar munição suficiente", coloca Lance.

"E pólvora", diz meu pai.

Mantendo-me calmo, eu digo: "Sua preocupação é comovente. De vocês dois."

Eu saio, ouvindo as maldições que se formam nos seus lábios.

Fora de ouvido, eu vou lá fora. Quase imediatamente, vejo Urso Castanho sentado à sombra. Ele ergue o olhar quando me aproximo.

"Pode cavalgar?" Eu pergunto-lhe.

Ele franze a sobrancelha, dá um grunhido. "Nós vamos a algum lugar?"

"Nós vamos encontrar os outros. Os que escaparam."

"Eles terão encontrado mais amigos, prometendo-lhes a oportunidade de ganhar dinheiro."

"Sim, entrando aqui e roubando todo o tesouro de meu pai."

Ele põe-se de pé e eu o vejo se estremecer. Os cortes e hematomas em seu rosto estão inchados, distorcendo suas feições.

"Tem certeza de que consegue cavalgar?"

"Tenho certeza. Quando é que partimos?"

"À primeira luz. Meu pai me deu dois cavalos e nós temos armas. Muitas armas."

"Então temos de nos preparar, meu amigo. Eu acho que não sou bem-vindo aqui."

Eu dou um pequeno sorriso. "Eu também não, meu amigo. Eu também não."

CAPÍTULO CATORZE

No dia seguinte acordei para encontrar o tempo fresco e seco, Urso Castanho já esperava com os cavalos carregados com provisões. Tínhamos decidido tentar voltar para a velha cabana. Eu não tinha mencionado a ninguém o corpo da mulher que lá tinha encontrado. Com tudo o que tinha se passado desde então, eu não tinha falado sobre isso nem com Urso Castanho. Era um mistério. O que tinha acontecido lá? Assassinato, sim. Mas e os porquês? Tinha de haver algumas pistas por lá, então decidi descobrir quais poderiam ser. Sim, era uma distração, mas aquela cabana era o centro da nossa luta de vida e morte com aqueles homens, então talvez o Urso Castanho pudesse pegar o rastro dos sobreviventes depois de fazermos uma busca no lugar.

No caminho para a sala de jantar, eu disse bom dia a Lucilla, uma das criadas, e vi que havia lágrimas nos seus olhos. Não pensei nada sobre isso. Lucilla estava muda. Uma garota boa e trabalhadora, sempre tínhamos nos dado bem e eu supus que talvez ela estivesse chateada com minha partida. Mas depois ouvi o bater de passos subindo a escada principal, e sabia que havia algo mais, algo muito terrível acontecia.

Grande e desajeitado Rolles saiu da cozinha, seus olhos arregalados.

"Oh, Mestre Reuben", disse ele.

Eu congelei. A percepção de que o momento temido tinha finalmente chegado pareceu me petrificar. Consegui virar minha cabeça para ver Daisy, a cozinheira, tropeçando pelas escadas, com as mãos agarrando o corrimão. Ela estava chorando, e quando chegou ao último degrau, desmaiou. Rolles foi até ela. Da cozinha sai Miguel, cansado e cinzento. Parece que toda a casa está sofrendo com as notícias. E então meu pai apareceu lá em cima, branco como a morte, tremendo incontrolavelmente.

Tudo e todos se moviam à minha volta à velocidade da luz. Era como se eu fosse um espectador. Avulso e distante, eu via pessoas correndo de um lado para o outro, muitos gritos, choros, braços se batendo e mãos se torcendo.

Depois, Doc Miller, saltando de sua charrete. Eu o observei através das portas abertas enquanto ele corria para dentro, mal parando para me dar um olhar, um olhar que falava muito. Ele pula os degraus dois de cada vez.

Henderson passa por mim. Seu rosto é sombrio. "Sinto muito, Reuben."

Eu franzo o a testa. Embora eu entenda o que aconteceu, o choque atinge-me como um martelo de forja no peito. Eu caio para trás, apalpando por algo, qualquer coisa que segure meu colapso. Rolles é quem me apanha, seus grandes braços me levantando como se eu fosse uma criança. Ele me leva para um sofá próximo e gentilmente me deita. Eu o vejo, e ele está tremendo. Henderson está ao lado dele. "Ela piorou durante a noite", diz ele, sua voz não é mais aquele som grande e explosivo que ouvi tantas vezes explodir no campo. E então ele fez algo que nunca tinha visto antes. Ele tira a charuto da boca e olha para ele, com os olhos cheios de tristeza. "Corri até lá para buscar o médico, mas... mas acho que talvez seja tarde demais. Sinto muito."

Eu pisco os olhos, balanço a cabeça, ainda não totalmente consciente do que me rodeia, passando por tudo como se estivesse num sonho. Miguel senta-se ao meu lado, estende a mão e segura-me a minha. Eu caio em seus braços e ele me abraça tão forte.

É então que Billy Bean entra correndo na casa. Ele está fora de si como se estivesse com febre, o suor brilhando em sua testa, e está soluçando como uma criança. Ele vai em direção à escada, mas Henderson bloqueia seu caminho, com a mão em sua arma. "Não, Billy, você não vai lá em cima hoje."

"Deixa-me passar, maldito seja, ou juro que —"

Eu vi Rolles interferir e golpear com força a mandíbula de Bean, jogando-o no chão onde ele ficou, inconsciente.

"Tirem-no daqui", rosnou Henderson e ele virou-se, e seus olhos fixaram-se nos meus. "Há muita coisa que você não sabe, Reuben. Talvez seu pai fale com você sobre isso depois... Depois de tudo estar acabado."

"Acabado e enterrado", eu digo em voz baixa. Eu me desprendo dos braços do Miguel e passo uma mão em meu rosto. "Eu já sei", digo eu. Consigo ouvir o sobressalto de Henderson. Ao lado dele, Rolles está levando Billy Bean para fora. Eu balanço minha cabeça. "Eu sei há muito tempo."

"Não vejo como, sendo que nós mesmos nem sequer—"

Levanto uma mão. "Um dia, lhe direi." Não quero parecer tão condescendente, mas estou farto de ser tratado como uma criança ignorante por estas pessoas. Henderson está com a família há quase tanto tempo quando Lance. Ao contrário de Lance, ele não é um mero subalterno, não no verdadeiro significado da palavra cowboy. Ele é o guarda-costas do meu pai, se preferir assim. Um homem que usa sua arma como um escrivão usa uma caneta. Isso é o que ele é. Um genuíno pistoleiro. Um matador. Ele costumava me dar medo quando eu era criança, e minha mãe sussurrava-me sempre ao ouvido: "Tenha cuidado com esse homem, Reuben. Nunca o irrite."

Eu segui seu conselho à risca, nunca discuti com ele, mas agora minha mãe não estava mais aqui para dar conselhos e isso me atingiu e trouxe as lágrimas aos meus olhos mais uma vez.

Minha vida nunca mais seria a mesma.

CAPÍTULO QUINZE

Estávamos ao redor da cova aberta, cabeças curvadas, mãos na frente em oração. Daisy está chorando e, ao lado dela, o gigante Rolles a abraça. Miguel está devastado. Ele amava tanto minha mãe. Eu estudo os seus rostos, um a um. Um pouco afastado está Lance, com alguns dos cowboys, sem os chapéus, amassados em mãos cobertas por luvas de couro. Doc Miller também está aqui. Seu rosto está cheio de lágrimas è Henderson, cinza, seu sobretudo aberto para revelar sua Navy de cabo de pérolas em sua cintura. Eu me pergunto sobre isso e de repente percebo - este é o meu sonho! Já vivi tudo isso antes, só que no meu sonho, a diferença é que Billy Bean estava aqui. Ele não está aqui, na realidade, graças a Deus.

Reverendo Small limpa a garganta e inicia seu louvor. Eu não o ouço. Minha mente está em outro lugar. Ao longe, Urso Castanho está sentado debaixo da sombra de uma árvore. Nossos cavalos mordiscam os tufos secos ao seu lado. Em breve, estaremos no nosso caminho, deixando tudo isto para trás. Não tenho certeza se quero voltar agora que minha mãe nos deixou. Olho para aquele buraco negro e horrível e vejo a parte de cima de seu caixão. Há uma única rosa vermelha sobre a tampa. Quem a colocou lá? Eu não consigo imaginar. Poderia ter sido meu pai?

Duvido porque ele nem sequer veio. Está sentado em sua biblioteca, bebendo uísque, observando seus livros, a maioria dos quais nunca leu. Foi onde o encontrei depois de Doc Miller ter declarado minha mãe morta. Eu colapsei com a informação, mas meu pai, seus lábios tremendo, desapareceu em seu quarto, e não saiu de lá desde então. Isso foi ontem. Agora, minha mãe está enterrada, e meu pai bebe uísque. Meu ódio por ele está crescendo. Não me admira que minha mãe tenha procurado afeto em outro lugar. Em meu sonho, meu pai ficou devastado com a perda de sua esposa, mas isso foi o meu pensamento esperançoso. Os meus desejos. Na realidade, meus pais nunca foram assim. Não havia amor, apenas ressentimento de ambos os lados por um par de vidas desperdiçadas.

Um grito repentino faz-me olhar. Henderson também está reagindo, e no chão, um homem está lutando com Lance e os outros.

Eu ofego.

É Billy Bean, batendo os braços em sua patética luta para se libertar de Lance.

"Eu quero vê-la", grita ele.

Eu coloco uma mão trêmula contra minha boca para evitar que eu gritasse uma resposta. Embora eu tente entender seus sentimentos, este não é seu momento. É meu e de todos os outros, todos aqueles que viveram todos os dias com minha mãe. Talvez Billy tenha o direito de prestar seus respeitos e dizer adeus, mas não agora. Mais tarde, quando tivermos voltado para casa ou, no meu caso, para o campo.

Agora não, Billy. Espera sua vez.

Henderson, eu sei, não vê as coisas dessa maneira. Ele já está indo para onde aqueles homens lutam.

Eu sei o que vai acontecer. Vi em meu sonho.

Mas o que vejo não é nada como meu sonho.

Numa onda de movimento selvagem e desesperada, Billy Bean liberta-se. Ele tem uma pistola. Quer seja dele ou não, não posso dizer, mas a pistola está apontada, e o martelo está armado. Está balançando em sua mão como se fosse pesada demais para ele segurar. Talvez seja.

"Eu preciso vê-la, seus vilões! Saiam do meu caminho."

"Segure sua língua", dispara Henderson. Os outros olham para ele e afastam-se. Até Lance, que sempre considerei um homem bruto, parece temeroso.

Billy rosna, mostrando os dentes cerrados em um rosto lívida de raiva e tristeza, "Só quero vê-la."

"Eu sei o que você quer", responde Henderson. "Você já causou dor demais a esta família, agora saia destas terras antes que eu amarre você a um cavalo."

Mas eu podia ver o que aconteceria, mesmo antes de começar. Billy não vai a lugar algum. Sei que ele amava minha mãe, e ela a ele. Eles mantiveram sua relação em segredo, mas é um segredo que todos conhecem, incluindo meu pai. Nunca ninguém disse nada, guardando suas opiniões. Enquanto minha mãe viveu, era assim que continuou, mas agora... Agora qualquer um pode dizer o que pensa.

O tiro soa como o trovão mais forte que eu já tinha experimentado. A boca de Billy abre-se, com os olhos bem abertos e incrédulos. Mas apenas brevemente. Ele cai, a vida deixando seus membros quase de uma vez, a bala tendo atingido sua testa, bem entre os olhos. Ela explodiu a parte de trás de seu crânio e Billy desmoronou em um saco de carne sem vida. O sangue floresce à volta de sua cabeça e em algum lugar um abutre grita, já consciente de que o jantar está prestes a ser servido.

Por um momento a cena inteira congela, mas num piscar de olhos, todos se mexem. Alguns fogem com medo, outros movem-se em direção ao cadáver de Billy Bean. Henderson parece não saber o que fazer.

Exceto eu. Viro-me e vejo meu pai nos degraus da casa, o seu fiel mosquete Enfield soltando fumaça em suas mãos. De alguma forma, eu sabia que era ele quem tinha disparado o tiro mortal e, agora, vendo-o tão impassível, entendo como o ódio pode mudar um homem. Este sempre havia sido o motivo pelo qual meu pai era tão frio comigo. Ele ressente-se de mim. Que minha mãe deu à luz um filho que, contra todas as respostas emocionais normais de um pai, o amarrou a ela. Para sempre. Ele ansiava por sua liberdade. Minha mãe foi um erro e eu um erro ainda maior.

Nossos olhos encontram-se, mas apenas por um instante. Com o trabalho feito, ele dá meia volta e desaparece dentro de casa. Hesito por um momento e debato se devo segui-lo, confrontá-lo e esclarecer tudo. Resolver isso de uma vez por todas. Sei que ele vai dispensar as minhas palavras com desdém. Eu não passo de uma criança. A criança que ele nunca quis. Então, viro as costas para ele, para aquela casa, para a vida que conheço há catorze anos e não sinto nada.

Dou um último olhar à cova de minha mãe e afasto-me. Não viro minha cabeça para a aglomeração de pessoas à volta do corpo de Billy. Mantenho meus olhos em frente. Urso Castanho se levanta. Seu rosto é impassível, quase como um espelho de meu pai. Em silêncio, montamos e lentamente guiamos nossos cavalos para longe daquela cena infernal.

CAPÍTULO DEZESSEIS

Os limites do rancho mal tinham sido alcançados quando Urso Castanho freou seu cavalo e se sentou, virando-se para olhar para dele.

"O que é?" Reuben perguntou, parando ao lado do índio.

Silencioso como a neblina, Urso Castanho desceu de seu cavalo e ajoelhou-se. Reuben observou, toda a sua atenção no que o índio faria a seguir.

Pressionando uma orelha ao chão, Urso Marrom permaneceu nessa posição por algum tempo até que, finalmente, se sentou, olhos estreitos virados na direção do rancho. "Alguém está nos seguindo," disse simplesmente e gesticulou para que o jovem se juntasse a ele.

Reuben se ajoelha e põe um ouvido perto da terra e escuta, olhos fechados. Ele se esforça para ouvir. De início, não há nada.

"Concentre todos os seus sentidos nesse ponto", disse Urso Castanho. "Bloqueie todo o resto, até minha voz a partir de agora. Deixa sua mente penetrar profundamente na terra. Em nenhum outro lugar."

Hesitando pelo mais breve dos momentos, Reuben seguiu as instruções de Urso Castanho. Fechando os olhos, ele imaginou-se desaparecendo terra adentro. A escuridão o cobriu. O cheiro do solo húmido, o barulho de alguma coisa. Um animal? Alguma coisa. Concentrando-se com cada fibra do seu ser, ele pensa, acredita... E depois, como que por magia está lá, o barulho de cavalos!

"Meu Deus." Inconscientemente, Reuben saca a Dragoon de Lance e, depois de checar se está carregada, a enfia de volta na cintura. "Eu consigo ouvir." Urso Castanho sorri. "Esperamos quem quer que seja nos alcançar?"

Dando de ombros, Urso Castanho subiu de volta em seu cavalo. "Ele não vai tentar nada durante o dia. Quando acamparmos, devemos estar prontos."

"Como você sabe que só há um deles?"

Urso Castanho apontou para o chão. "Veja por si mesmo novamente, jovem amigo. Concentre-se na sua audição e em nada mais. Vá ainda mais profundo. Ouça o ritmo do cavalo. Feche os olhos e veja em sua mente."

Sem qualquer hesitação, Reuben se abaixou e repetiu as ações, fechando os olhos, a boca em uma linha fina.

"Nossa senhora", ele disse suavemente, "Eu consigo ouvir!" Ele olhou para cima, um sorriso largo quase partindo seu rosto em dois. "Senhor, tire-me o fôlego, mas eu consigo ouvir! Urso Castanho, *eu consigo ouvir*! Exatamente como você disse, só há um."

O índio devolveu o sorriso. "Então, agora você pode responder à sua própria pergunta."

"Mas..." Reuben balanço a cabeça enquanto punha a orelha no chão pela segunda vez. "É tão difícil dizer. Eu não saberia que este som era de um cavaleiro se você não tivesse me dito, e adivinhar quantos..."

"Isso vai chegar, meu amigo. Pratique. Essa é a resposta para dominar qualquer habilidade."

"Acho que sim." Virando o rosto na direção do caminho por onde tinham vindo, ele balançou a cabeça. "Mas ainda não nos diz quem é, ou porque estão nos seguindo."

"Devíamos perguntar-lhe."

"Como é que vamos fazer isso?"

Urso Castanho sorriu. "Espere e verá."

Foi na velha cabana que eles se prepararam. Com os cavalos fora de vista no bosque ao redor, eles se assentaram entre as rochas e esperaram. Reuben não pôde deixar de olhar para onde os cadáveres estavam. Lentamente decompondo-se, toda a variedade de animais tinha mastigado as partes macias do corpo. Como a maioria dos mortos jazia entre as árvores, tinha sido difícil para os abutres acessá-los, mas todo o resto havia se servido bem.

"Que maneira de acabar com sua vida", disse Reuben Cole em voz alta.

Urso Castanho ridicularizou: "Eles escolheram o seu caminho, meu amigo. Não se repreenda pelo que foi necessário."

Reuben grunhiu. "Suponho que sim."

Ele estava prestes a acrescentar algo mais, sobre como também não tinha escolhido esta vida para si mesmo. Que ele tinha sonhos e esperanças, nenhum dos quais envolvia matar pessoas a tiro. Mas então, mesmo quando ele formulou várias respostas silenciosas, o cavaleiro se deparou com eles. Alto na sela, um lenço à volta da boca para o proteger do frio, ele conduziu o cavalo até os degraus partidos da entrada da cabana. Fez uma pausa e sondou os arredores antes de desmontar. Ele prendeu as rédeas ao redor do poste mais próximo, que apoiava o que restava do teto da varanda, e ia subir os degraus.

Urso Castanho surgiu de um lado da cabana, Reuben do outro. Ambos tinham suas armas em punho.

O homem sorriu. "Olá, Reuben."

"Olá, Lance." Reuben aliviou o martelo de sua Colt Dragoon. "Solte seu cinto de armas e diga-nos o que raios está fazendo aqui."

"Você não vai atirar em mim, vai Reubs? Não faria isso agora, faria, não ao seu velho amigo?"

"Não conte com isso, Lance", e, para dar ênfase às suas palavras, Reuben armou completamente o martelo de sua arma.

Lance olhou o barril e pareceu afundar-se dentro de si mesmo. Ele olhou de relance para Urso Castanho antes de voltar seu rosto avermelhada na direção de Reuben. Ele suspirou. "Agora você é um amigo dos índios, Reubs?"

A Navy de Urso Castanho estava apontada infalivelmente para o estômago de Lance. "A arma", disse calmamente.

"Você não pode me dar ordens, seu pele vermelha filho de uma—"

"Eu posso", disse Reuben, sua voz fria, firme, sem emoção Não havia como disfarçar o significado de suas palavras, no entanto, e por um momento Lance balançou um pouco como se de repente estivesse fraco e com medo. A tensão deixou seus ombros e ele lentamente soltou o cinto e permitiu que ele caísse no chão com um baque pesado.

Urso Castanho avançou e pegou o equipamento. Recuando, sua arma ainda apontada no cowboy, ele passou o cinto da arma por cima do ombro.

Balançando a cabeça, desanimado, talvez até triste, Lance respirou, "Estou desapontado com você, Reubs."

"Não seja condescendente comigo, Lance."

A cabeça dele veio à tona. "Condescendente? Que raio é isso, uma maneira idiota e chique de me dizer que sou um idiota? É isso? Ficou com sua cabeça afundada em seus malditos livros por tempo demais, rapaz. Em vez de saber qual é o seu posto na vida, escolheu virar as costas à sua família, ao seu *dever* e fugir com isto..." Ele apontou um dedo na direção de Urso Castanho. "Rezo para que Deus lhe perdoe, Reuben, porque seu pai com certeza não o fará. Nem eu."

"Do que está falando, Lance?"

"Estou falando de *você*. Aquela explosão lá no rancho. Você enfiou uma faca no coração dele com toda aquela conversa sobre sua mãe e Billy. Quase o quebrou."

"O quebrou? Aquele homem só está quebrado por causa das

suas próprias escolhas! Ele nunca amou minha mãe, nunca lhe deu um momento de afeto. Nem a mim, na verdade. Ele se ressentiu comigo por ter vindo a este mundo e negar-lhe a liberdade de fazer o que ele queria fazer. Ele é egoísta, frio e sem coração."

"Se não tivesse essa arma na mão, ou o seu amigo de pele vermelha aqui, eu lhe bateria bem pelo que acabou de dizer."

"Bem, que inferno, Lance, não deixe que Urso Castanho lhe impeça. Quanto a isso", ele pesou a Dragoon na mão, aliviou o martelo, e suavemente a colocou sobre uma rocha próxima.

"Reuben", disse calmamente Urso Castanho, "não faça isso. Ele vai lhe vencer."

Lance riu. Jogou sua cabeça para trás e deu uma grande e barulhenta gargalhada. "Caramba, isto é algo que eu sempre quis fazer, seu pirralho mimado." Ele lançou um olhar em direção ao índio. "Agora mantenha esse dedo do gatilho sob controle, rapaz."

"Não interfira, Urso Castanho."

O sorriso do Lance abriu-se ainda mais. "Quantos anos você tem agora, Reubs?"

"Quinze." Ele encolheu os ombros. "Quase."

"Bem, isso é o mais próximo de ser um homem como qualquer coisa poderia ser. Pode aguentar esta surra como um homem. Vai lhe ajudar a crescer." Ele virou o rosto e cuspiu no chão. "Vamos acabar com isso."

Urso Castanho se afastou um pouco e viu Lance sistematicamente e impiedosamente desmontar Reuben. O jovem montou uma corajosa defesa, mas Lance provou ser muito forte, muito experiente. Os seus punhos vestidos em couro irromperam nas costelas, balançaram-se contra os olhos e o nariz. Alguns poucos golpes fracos permitiram a Reuben contra-atacar e acertar algumas pancadas ocasionais, mas Lance riu delas. Uma última e pesada mão esquerda atingiu a lateral da cabeça de Reuben, despejando-o sem cerimônia no chão.

Recuando, respirando forte, mas com o rosto eufórico, Lance sorriu para seu adversário caído. "É melhor levantar-se, rapaz, ou vou lhe chutar até à morte aí mesmo."

"Ele já teve o suficiente", disse Urso Castanho, dando um passo em direção ao cowboy.

"Não, você não se meta nisto, seu pagão! Este rapaz precisa aprender uma lição."

"Ele já aprendeu."

"Ainda não!"

Urso Castanho viu Reuben rolando sobre os joelhos, o sangue pingava da boca e do nariz. Com o rosto marcado em dor, o jovem olhou nos olhos de seu amigo e havia algo como arrependimento ou até mesmo a admissão de ter cometido um erro.

"Pare agora, Reuben", disse Urso Castanho, sabendo, mesmo que implorasse a seu jovem amigo, que nenhuma palavra iria dissuadi-lo. Então, ele observou enquanto Reuben subia incerto aos seus pés, respirou fundo, agachou-se, virou-se, e balançou o punho.

Lance se abaixou sob o golpe com facilidade, e bateu com uma direita no estômago de Reuben, que se dobrou. Uma cruel cruzada de esquerda acabou com ele.

Reuben deitou-se com o nariz na terra, o sangue a escorrer à sua volta. Ele não se mexeu.

Urso Castanho deveria saber o que Lance faria a seguir, mas ele estava muito atordoado com a derrota total de Reuben para registrar qualquer coisa. Enquanto ele olhava boquiaberto, o cowboy se moveu para baixo, com o punho esmagando a barriga de Urso Castanho.

O ar irrompeu do corpo do índio e, dobrado ao meio, ofegante para respirar, ele cambaleou, incapaz de impedir o pontapé que lhe atingiu por debaixo do queixo e o lançou para trás. Caiu de costas no chão com um solavanco e ficou ali, com ondas de confusão e dor fluindo através dele.

Segundos se passaram. Vagamente consciente do que acontecia ao seu redor, ele viu, através de uma espécie de neblina, Lance a agarrar sua arma que tinha caído do ombro de Urso Castanho.

"Levante-se", rosnou Lance, puxando o martelo da Colt Navy com uma boa dose de satisfação. O seu sorriso brilhante dava um estranho e assustador olhar selvagem a seu rosto. Ele parecia estar se divertindo, nesta súbita virada de mesa.

Sabendo que não havia nada que ele pudesse fazer a não ser obedecer, Urso Castanho levantou-se. A arma de Reuben estava a vários metros de distância, longe demais para ele se mover em sua direção. Ele duvidava que conseguisse pôr as pernas a trabalhar bem de qualquer maneira. Lance podia esmurrar, e esmurrar com força.

"Pegue o rapaz e leve-o para a cabana. Pode depois cuidar dele."

"Acho que não consigo. Você tem de me dar um momento." Ele balançou a cabeça. "Acho que nunca fui atingido com tanta força."

Lance sorriu. "Devia ter pensado nisso antes de ter tentado me atrasar."

"Não, não o fizemos. Você nos seguiu."

"Eu só queria saber para onde vocês estavam indo. Nunca pensei que viessem aqui." Ele virou a cabeça para a cabana. "Este é um lugar horrível, Pele Vermelha. O que aconteceu aqui é algo que todos vocês deviam deixar bem em paz. Nunca deviam ter vindo a este lugar." Ele pareceu contar os cadáveres que estavam por perto. "Que diabos estes corpos estão fazendo aqui?"

"Estes homens que você vê, eles vieram para matar Reuben, pelo que ele fez. Achamos que alguns escaparam. Eles vão voltar."

"Vão voltar, pelos céus? Bem, é melhor irmos depressa. Quero aquele rapaz bem para que possamos voltar para o rancho.

Sr. Cole está muito ferido e quer castigar o rapaz dele e enforcar você. Como ele deveria ter feito antes." Ele riu. "Se o rapaz dele não tivesse tentado interferir, podíamos todos ter continuado a viver as nossas vidas."

"É isso que você pensa?"

"É o que eu *sei*, Pele Vermelha. Você é um verme e, como todo os vermes, o único lugar bom para você é no fundo da terra. Morto."

Ele gesticulou enfaticamente com a arma, e Urso Castanho, a força voltando aos seus membros, finalmente, foi ao corpo propenso de Reuben e o levantou em seus braços.

CAPÍTULO DEZESSETE

Estou sentado em uma cadeira, com almofadas em minhas costas, um pano húmido contra meus lábios inchados. Através de um olho meio fechado, vejo Urso Castanho enxaguando outro pano, a água escorria vermelha com o meu sangue. Fico espantado que a água ainda flua tão clara da bomba manual que ele está usando. Suspeito que esta cabana não tenha sido abandonada como parecia no início.

À minha frente está Lance. Ele tem a minha arma no colo, a de Urso Castanho na cintura, e a dele em seu cinto de armas recuperado. Ele parece um arsenal de morte de um só homem. Ele tem mais profundidade do que eu alguma vez imaginei. Quando me levantei para lutar com ele, nunca tive ideia de quão formidável ele era. Ele me destruiu e eu não tive a menor chance. O meu ódio por ele cresceu para muito além dos limites da natureza, mas isso não significa que não o admire. Ele não é o tipo de homem que você quer como inimigo e foi precisamente isso o que fiz.

Eu foco minha mente no que pode acontecer a seguir. Sei que Lance não é o tipo de homem com quem se pode barganhar, uma vez que sua mente esteja decidida, nada o distrairá. E além disso, estou ciente de que aqueles outros, aqueles homens que vieram para me matar, vão voltar. Podíamos fazer uso de Lance. As suas habilidades, a sua perícia. Em resumo, precisamos dele.

"Em que está pensando, rapaz?", ele pergunta.

"Estamos numa confusão, Lance." Eu quase rio. Saiu como "Estamos numa efusão", devido ao inchaço à volta da minha boca. Não era para ser engraçado e Lance, felizmente, não reage como se fosse. Ele apenas dá de ombros.

"E daí?"

"Eles estarão aqui em breve. Temos de nos preparar."

"Ele tem razão", diz Urso Castanho, torcendo o pano. Ele está de costas para mim, então não posso ver seu rosto, mas quase posso ouvir sua mente funcionando.

"Então devemos ir embora", diz Lance e se levanta.

"Como é que você sabe desse lugar?"

É Urso Castanho falando. Ele não se virou então eu não consigo ler nada em sua expressão, mas suas palavras carregam tanto peso, tanta intensidade.

"O quê?"

"Você disse que esse era um lugar horrível, que não devíamos tentar descobrir o que aconteceu. O que é que aconteceu?"

Vejo Lance olhar para a mulher, seu corpo rígido e enegrecido, a pele como pergaminho queimado e enegrecido, uma caricatura grotesca de um ser humano. Se tocada, ela se desintegraria em mil pedaços de carne seca e quebradiça.

"Henderson."

Eu quase engasgo. "Henderson?"

"Você não reparou?" Lance abaixa-se e pega um toco descartado de charuto. Eu examino o chão e vejo que há vários. "Ele vinha aqui para se encontrar com ela. Eles eram amantes."

"Henderson?" Eu disse outra vez. Não podia acreditar. Balancei a cabeça, estremecendo quando um raio de dor percorreu meu crânio. "Henderson pôs esta mulher aqui, neste lugar remoto, para...? Não, não posso acreditar."

"Não quero saber no que acredita, rapaz. Henderson a

visitava, a mantinha, e quando ela ameaçou revelar tudo, ele a matou."

"Por que?" Urso Castanho novamente. "Por que ele a mataria pelo que ela iria revelar? Por que era tão importante?"

"Não se preocupe com isso, Pele Vermelha. Você só tem que deixar este rapaz em condições suficientes para irmos embora."

"É tarde. Em breve estará escuro."

"Quer ficar aqui, com *isso?*" Ele aponta para a porta do quarto aberta e para além dela, o cadáver. Ele caminha até a abertura e olha para dentro. "Malditos sejam os seus olhos, por que vieram aqui? Por que não podiam ter deixado tudo isso em paz?"

Ele bate com a porta e vira-se, parecendo estar num frenesim, o seu corpo sofrendo pequenos espasmos, tremores de cabeça, os dentes rangendo. A proximidade da mulher causou estas curiosas mudanças nele, ou talvez tenha sido a revelação sobre Henderson? Sua reação é perturbadora para além das palavras.

E então tudo acontece ao mesmo tempo, rápido demais para registar ou colocar em qualquer ordem lógica.

Vejo Lance preparar a Dragoon e pergunto-me, com medo, o que ele vai fazer.

Num borrão, Urso Castanho vira-se. Ele tem seu facão de caça no punho.

Um cavalo relincha lá fora. Vozes tagarelam entusiasmadas. É difícil calcular quantas. Mais do que três, talvez?

A lâmina enfia-se no peito de Lance e ele arfa de surpresa. De olhos arregalados, ele ergue o olhar e luta para formar palavras. Mas sua boca recusa-se a funcionar. Ele desmorona, a Dragoon escorregando de seus dedos.

Urso Castanho move-se como um gato e levanta o enorme revólver.

E então alguém rebenta pela porta da frente.

CAPÍTULO DEZOITO

Por um momento congelado, tudo está parado. Meu coração bate em minha garganta. Para além de meu controle, esse é meu único movimento enquanto olho para o homem a porta, seu rosto profundamente na sombra. Uma pistola irrompe em chamas, o som explosivo naquele pequeno objeto é como um trovão. Meus ouvidos zumbem e eu caio de joelhos, apertando meus ouvidos com as mãos.

Com minha cabeça girando com confusão e medo, me encontro à deriva em outra existência, com imagens de minha mãe se passando diante de mim. Ela tem minha mão junto às dela e está me conduzindo através de uma paisagem de dunas de areia, onde pequenos tufos de grama rompem o solo amarelado. O calor do sol nas minhas costas e a proximidade de minha mãe se combinam para me encher de uma deliciosa sensação de bem-estar. Tudo está bem. Eu estou seguro.

"Lance?"

O som da voz faz-me voltar ao presente. Pisco várias vezes e vejo o grandalhão caminhando pela sala até onde Lance está sentado contra a parede, com os olhos arregalados de espanto. Seus lábios tremem, sua voz é frágil. "Oh Deus, Floyd, acabaram comigo, isso é certo."

É então, assim que a névoa se dissipa, que eu vejo quem é o homem. Henderson se agacha e grita, "Miles, vá buscar água!"

Enquanto olho em silêncio, sinto um frio até os ossos, um sentimento horrível e arrepiante que me diz que nada disto vai acabar bem.

Henderson apoia a cabeça de Lance e quando Miles Monroe, um dos mais jovens vaqueiros do rancho, irrompe pela sala, ele arranca o cantil das mãos do jovem e derrama água na boca de Lance.

"Calma", diz Henderson enquanto Lance tosse e engasga. Já ouvi dizer que água não é boa para uma ferida no estômago, mas no peito, não tenho tanta certeza. Talvez se a lâmina não tiver acertado o coração e nem os pulmões, Lance ainda tenha uma chance.

Um movimento à minha esquerda chama minha atenção. É Urso Castanho, segurando uma mão, com sangue escorrendo entre os dedos, o Colt Dragoon arruinado aos seus pés, arrebentado pelo tiro perfeito de Henderson. Eu vou na direção dele.

"Fica quieto, rapaz!"

Eu viro a cabeça na direção de Henderson, cuja arma está apontada na minha direção.

"Miles, mantenha sua pistola naquele diabo de pele vermelha. Você," ele gesticula com a arma para mim, "levante-se e ajude Lance a ir para fora."

"Mas Henderson, eu não posso—"

"Faça isso, ou vou abrir um buraco em você e dizer ao seu pai que foi este selvagem que o fez. Agora *mexa-se.*"

Não há nada que eu possa fazer. Minha vida está no limite, por isso, apesar de minha fraqueza, vou até Lance e tento o meu melhor para o levantar, mas ele é um peso morto. Henderson gesticula para Miles ajudar enquanto ele vira sua arma para Urso Castanho.

. . .

Nós cambaleamos até o lado de fora, Miles e eu carregando Lance entre nós. Eu tenho suas pernas, Miles os ombros. Lance, seus olhos rolando em sua cabeça, está acinzentado e a faca, protuberante de maneira horrível de seu peito, está claramente drenando toda a sua vitalidade. Nós lutamos para chegar até onde os cavalos estão amarrados e fazemos o nosso melhor para colocá-lo nas costas de uma das criaturas. Ele geme horrivelmente e eu percebo, com horror, que acidentalmente batemos a faca contra a ferida.

"Oh Deus, Miles! Desça-o, rápido!"

Como uma confusão de animais assustados, deitamos Lance no chão. Sua respiração é difícil e o suor na sua testa está escorrendo como água através de seus poros. Eu sei que ele está perto da morte.

"Precisamos tirar essa faca", diz Miles, parecendo tão assustado quanto eu me sinto.

"Como é que vamos fazer isso?"

"Simplesmente a agarramos e então a puxamos, eu acho."

"Puta merda, Miles, se fizermos isso, ele vai sangrar em cima de nós."

"Depois encontramos algo para estancar, como ataduras e coisas do tipo."

"Não temos nada disso, Miles."

"Poderíamos usar lençóis de uma das camas dentro da cabana. Poderíamos cortá-lo em tiras. Costumávamos fazer isso durante a Guerra Mexicana. Funcionava muito bem."

"Mas esses lençóis estão sujos, Miles, mesmo que haja algum."

"Volta para dentro e vá buscar alguns."

Levanto minhas mãos, a memória do cadáver da mulher na cama foi o suficiente para revirar meu estômago. "Não vou voltar lá dentro, Miles."

"Por que não?"

"Henderson", eu disparo de volta para ele, rapidamente. "Ele acaba comigo se eu voltar lá."

Ele pensa nisso por um momento. É uma desculpa razoável, eu sinto, e, pelo olhar em seu rosto, ele parece pensar assim também. "Se você fugir enquanto eu estiver lá dentro, vou caçar você, Reuben, e matar você."

"Não vou a lugar nenhum, Miles, eu juro. Até onde você acha que eu conseguiria ir, de qualquer forma? Vou me certificar de que Lance não se vá, mas seja rápido. Essa ferida está horrível."

Sem mais palavras, Miles assente e corre de volta para a cabana.

CAPÍTULO DEZENOVE

Henderson espera enquanto os outros estão lá fora com Lance. Ele então, lentamente, vai até a porta e a fecha. Urso Castanho está no meio da sala, observando-o enquanto suas mãos estão levemente levantadas, sem expressão, resignado com o que vai acontecer a seguir. Ele não mostra medo porque não sente medo algum. Ele aceitou a morte há muito tempo e mais uma vez quando eles se preparavam para enforcá-lo no rancho de Reuben.

Rindo, sem saber como o índio está se sentindo, Henderson examina a sala, estudando os cantos amontoados com meia vida útil de poeira e detritos. Ao lado da bomba de água há uma confusão de panelas e tachos de metal, há muito esquecida por quem morava aqui. A mesa e as cadeiras raquíticas estão devoradas pelos cupins. Nada neste edifício é útil. "Este deve ter sido um lugar muito agradável em tempos passados."

"Lembra-se dele?"

O grandalhão dá de ombros. "Lembrar-me dele? Como poderia lembrar-me de um lugar onde nunca estive antes, seu selvagem de cérebro entorpecido? O seu inglês é bom, mas os seus sentidos estão todos desorientados. Como todos vocês. Grossos como merda de cavalo."

Urso Castanho acena em direção à porta fechada do cômodo adjacente. "E lá dentro? Como explica isso?"

"Explicar *o quê?*"

"Por que não dar uma olhada, para se lembrar."

Henderson inclina a cabeça: "Está brincando comigo, rapaz? Eu poderia lhe matar agora mesmo, poupar ao Sr. Cole o trabalho de lhe enforcar."

"Seja como for, vou estar morto."

"Você é durão, não é?"

Henderson soltou o martelo de sua pistola.

"Deixe-me morrer sabendo que você viu o que fez aqui."

"De que diabos você está falando?"

Urso Castanho acena novamente em direção à porta. "Ali dentro. Você vai ver."

Depois de uma curta conversa interior consigo mesmo, Henderson se decide e dá um passo lentamente em direção à porta do quarto, sua arma sempre apontada em Urso Castanho. Ele abre a maçaneta e empurra a porta para dentro.

Ele dá uma olhada.

Naquele preciso momento, Miles irrompe pela cabine, sem fôlego, frenético. "Precisamos de um lençol para cortar e embrulhar as feridas de Lance. Ele vai sangrar até morrer se nós não—" Ele para, olhando de Henderson para Urso Castanho e de volta para Henderson. "O que está acontecendo?"

A sala está completamente congelada, ninguém se move como se o próprio tempo tivesse parado.

Henderson deixa sair um longo gemido e cambaleia para dentro do quarto. Miles, depois de um momento de hesitação, segue-o.

Urso Castanho não espera. Ele aproveita a oportunidade e corre para fora, tão silencioso quanto a brisa, vê Reuben curvado sobre o corpo propenso de Lance, e segue em direção à floresta, desaparecendo entre as árvores antes que alguém perceba que ele se foi.

CAPÍTULO VINTE

"O que é isto?"

Reuben Cole retorna à cabana e lentamente contorna o seu caminho em direção à porta do quarto. Miles dá-lhe um olhar fugaz. Henderson está como se tivesse sido atingido por algo, com a boca escancarada, os olhos arregalados, confuso, desnorteado. Ele olha para a cama e para o cadáver da mulher desconhecida.

"A encontramos quando chegamos aqui", explica Reuben.

"Mas quem é ela?"

"Não faço ideia. Pensamos que talvez você soubesse alguma coisa sobre isso."

"*Eu?*"

Henderson se vira, mas está distraído, os sentidos ainda não são capazes de entender o que significa qualquer coisa. E, enquanto ele está boquiaberto e olhando, Reuben aproveita a oportunidade, saca a arma do cinto de Miles e se afasta, engatilhando o martelo. Miles dá um grunhido estrangulado e Henderson geme em desespero.

"Solte a sua arma, Floyd. Não vou correr riscos com nenhum de vocês, vermes."

Henderson está enfurecido com raiva. Ele fecha os punhos e ruge, "*Vermes?* Quem diabos você—"

"Solte a sua arma, Floyd, ou acabo com você."

"É melhor fazer o que ele diz", diz Miles suavemente. Ele tem as mãos levantadas, focado na arma. "Esse garoto é maluco."

"Me chame de 'garoto' novamente, Miles, e eu também acabo com você."

Em silêncio, Henderson guarda sua arma no coldre e solta o cinto. O equipamento cai no chão com uma batida oca.

"O que vai fazer agora, grandalhão", disse Henderson.

"Não é o que eu vou fazer, Floyd. É o que você vai fazer."

"Eu não entendo."

"Bem, deixe-me explicar, pois parece que você é mais idiota da cabeça do que Miles aqui..."

"Vou lhe dar uma surra quando isto acabar, garoto. E vou fazê-lo na frente de seu próprio pai."

"Quando isto acabar, Floyd, você vai estar pendurado em uma corda."

A mandíbula de Henderson caiu. "De que diabos está falando, garoto?"

Isso foi o suficiente para Reuben. Com a paciência despedaçada, ele saltou para a frente e bateu no nariz de Henderson com o cano da arma. O grandalhão homem uivou e cambaleou para trás, com as mãos no rosto. Ele caiu sobre a cama, entre os restos mortais da garota, a maior parte de seus ossos podres se estilhaçando sob o peso dele. Ele gritou, mais de horror por estar entre os ossos do que pelo golpe no rosto, rolou e ficou ali, de mãos e joelhos, observando a mancha de sangue no chão.

"Eu avisei", respirou Reuben. "Se me chamar disso outra vez, eu mato você."

"Você ficou bravo mesmo", disse Miles.

"Bem, acho que podemos dizer que o maior culpado disso é o querido Floyd bem ali."

Henderson ergueu o olhar. Através de um rosto cheio de dor,

seus olhos queimavam com uma intensidade assustadora. Ele cuspiu um monte de sangue. "Eu não vou dar uma surra em você, Reuben. Eu vou te matar. Na primeira oportunidade que tiver."

"Mal posso esperar. Muito bem, Miles. Amarre esse velho patético e leve-o para fora."

"O quê? Você está doido, Reuben? Com certeza está. Por que diabos eu iria querer amarrar Sr. Henderson?"

"Por que ele é um assassino, é por isso." E lentamente, o rosto de Reuben partiu-se com um sorriso quase maníaco. "Ele assassinou aquela garota, bem ali. A minha única pergunta é por que."

Miles assobiou suavemente. "E você tem certeza disso?"

"Eu tenho a prova, se é disso que você está falando. Agora amarre-o. Vou levá-lo para Boniface e pedir ao delegado da cidade para fazer o que lhe pagam para fazer." Ele puxou o martelo da arma totalmente. "Fazer justiça."

Reuben observou atentamente enquanto Miles encontrava alguns fios de corda fina e amarrava os pulsos de Henderson, puxando as mãos com força nas costas do grandalhão. Quando acabou, Miles deu um passo atrás.

"Quem é aquela garota?"

"Não sei", disse Reuben. "Tudo o que sei é que Henderson a matou, deixando-a aqui, sem dúvida, porque acreditava que nunca ninguém viria à procura."

"Isso não é verdade", disse Henderson, o suor escorrendo por sua testa. "Nunca estive neste lugar antes."

"É verdade?"

"Prova, você disse", disse Miles. "Que prova você tem, Reuben?"

"Isto", e Reuben tirou um toco de charuto do bolso dele. "Eles estavam espalhados pelo chão aqui. Só há uma pessoa que fuma isto, e é você, Henderson."

"Seu idiota. Qualquer um podia ter deixado cair essas pontas de charuto. Eles não significam nada e você sabe disso."

"Eu sei?" Ele ergueu a ponta do charuto. "Estes aqui têm um

rótulo. Estão um pouco apagados, mas claros o suficiente para se ler. Cubanos. Diretamente de Havana."

Apertando os olhos, Miles congelou por um momento antes de engolir em seco. "Deus do céu", sussurrou ele. Ele deu meia volta para confrontar Henderson. "Eles são da sua marca, Sr. Henderson! Você *é* o assassino."

"Você também? Vai ser enganado por esse lixo? Este rapaz aí plantou aquelas pontas de charuto. É tudo o que ele tem."

"Já chega", disse Reuben. "E por que eu os plantaria? Com que propósito? Na vã esperança de que você voltaria aqui quando eu estivesse à sua espera? É uma espécie de tiro no escuro, não é? Não, você a matou, Henderson, e depois a deixou aqui para apodrecer."

"Quem é ela?" Miles olhou de Henderson para o Reuben, e voltou-se para o primeiro. *"Quem era ela?"*

Henderson encheu as bochechas, levantou os olhos para o teto e suspirou novamente. "O nome dela era Emily Dowers. Ela veio de Nova York com seu marido Nathaniel para encontrar uma nova vida juntos. Eles construíram esta cabana." A cabeça dele caiu "Mas eu nunca a matei."

Os olhos de Miles brilharam com uma intensidade ardente. "Como é que sabe tanto sobre ela?"

"Nos tornamos amantes."

Um silêncio atordoante instalou-se entre eles. Os outros esperaram.

"Mas como eu disse, eu não a matei. Eu juro por Deus."

CAPÍTULO VINTE E UM

"Foi há cinco ou seis anos que Emily e seu marido chegaram à cidade," começou Henderson. Nós o colocamos em uma cadeira e Miles e eu nos sentamos perto da mesa, eu com aquela grande e velha Colt apontando diretamente para ele enquanto falava.

Nós ouvimos e tudo logo se encaixou em seu lugar.

Nathaniel Dowers era um indivíduo de pele morena, com o queixo sempre coberto por um pouco de barba. De olhos aguçados e perspicazes, tinha trabalhado como contador numa firma em Nova Iorque e quando começou a procurar um emprego melhor remunerado, o rancho de Cole o contratou. Velho Cole (assim chamado porque ele era chefe de família, não porque estava envelhecido. Ele estava longe de ser velho na época) o empregou para administrar os livros do rancho, e não demorou muito para que ele tivesse encontrado várias discrepâncias. Em três meses, o rancho registrou lucros e Sr. Cole recompensou Dowers com um aumento.

Foi no dia em que Dowers trouxe sua esposa Emily para o rancho em uma charrete novinha em folha que os problemas começaram. Sr. Cole convidou o jovem casal para jantar, como mais uma recompensa, pode-se dizer, e quando ela desceu da charrete, Nathaniel ajudando-a, Henderson a viu e quase desmaiou.

Ela era sem dúvida a mulher mais bonita que ele já tinha visto. Seus cabelos loiros morango caíam soltos nos ombros, emoldurando um rosto de encantamento requintado. Por um breve momento, ela fixou os olhos nos de Henderson e acenou-lhe com o menor aceno de cabeça. Ele, por sua vez, tirou seu chapéu. Sua mão tremeu e ele esperava que ela não tivesse notado.

A partir desse momento, Henderson criou o maior número possível de encontros *acidentais*. Eles trocaram formalidades, uma ligeira inclinação da cabeça, o menor dos sorrisos, mas nada mais óbvio do que isso. Por dentro, o corpo de Henderson estava em chamas. Sozinho em seu quarto à noite, imagens dela dançavam em sua mente, e ele contorcia-se e gemia ao pensar em segurá-la, acariciá-la, amá-la.

Claro que, se ele fosse honesto consigo mesmo, teria percebido que nenhuma das suas fantasias poderia se tornar realidade. Ele era funcionário de Cole como guarda-costas e era um homem rápido à violência, um pistoleiro, mais rápido e mais preciso do que a maioria. Alguém a ser temido. O marido de Emily era inteligente, competente, um feiticeiro com contas. Um homem mais valoroso do que Henderson alguma vez poderia ser. O que é que uma mulher como Emily poderia ver nele?

Quando *ele* viu a realidade pela primeira vez foi no dia em que tropeçou nela em um dos estábulos do rancho. Não o principal, perto da casa grande, mas um dos menores, fora no campo. Sr. Cole mandou-o para lá para trazer uma de suas éguas. Sra. Cole queria ir cavalgar enquanto se sentia um pouco melhor e esta égua em particular, conhecida como Belle, era a que ela mais amava. Henderson cavalgou para lá. Não era de seu costume fazer um serviço desses, mas Lance não estava em lugar nenhum.

Até que Henderson o encontrou.

Ele tinha a mão no vestido de Emily e os lábios dele pressionados contra os dela. Uma longa perna estava enrolada à volta do chefe do rancho e ambas as mãos agarradas ao seu cabelo. Enquanto Lance a levantava em seus braços e a levava para uma pilha de feno fresco, Henderson os observava da porta, consumido pelo ciúme e pelo ódio.

Ele esperou. Ele observou. Passou a segui-la o melhor que pôde, mas muitas vezes isso era difícil, mas nos dias e semanas seguintes, catalogou cada uma de suas conexões. Na manhã em que ela desapareceu, Nathaniel entrou na casa, fora de si, desesperado. Velho Cole convocou Henderson para encontrá-la. O que ele fez, desgrenhada e nua na cama da cabana de Dower. Mas não como ela era. Ela tinha sido morta a tiro.

Henderson tropeçou para fora da cabana como se estivesse sido afligido por alguma doença horrível, incapaz de falar, mal capaz de andar. Ele cavalgou até o grande aglomerado de colinas a alguns quilômetros do rancho, e sentou-se lá, lamentando por uma vida que ele nunca conheceria e pela mulher que ele amara.

Poderia ter sido o Lance? Mas por que, por que matá-la quando estavam obviamente consumidos pela paixão um do outro? Henderson não conseguia entender. Quando voltou para a casa grande, Lance já estava lá, indiferente, despreocupado. Seu comportamento frio, no entanto, fez Henderson acreditar que, apesar de seu ardor, Lance sabia absolutamente qual tinha sido o destino de Emily.

"Mas você não tem provas", disse Reuben quando Henderson chegou ao fim de sua história. "Você não viu Lance matá-la, viu?"

Henderson, com os olhos molhados e vermelhos, lutou para manter sua voz. "É óbvio."

"Será? Acho que o mais óbvio é que o seu ciúme fez com que você a assassinasse."

"Parece mesmo que foi assim, Sr. Henderson", disse Miles, subjugado.

"Eu lhe disse a verdade", disse o Henderson.

"Então porque não disse a ninguém o que tinha encontrado?" Reuben inclinou-se para a frente. "Todos estes anos, deixando-a aqui, para apodrecer naquela cama. Que tipo de homem é você para fazer isso?"

"Eu não..." Exasperado, Henderson bateu com as duas mãos no rosto, apesar das cordas que lhe uniam os pulsos. "Não acha que já pensei em fazer exatamente isso?"

"Então por que não o fez?"

O Henderson deixou cair as mãos e olhou fixamente para Miles. "Menos de quinze dias depois, encontramos Nathaniel Dowers pendurado numa corda. Com o coração partido, ele enforcou-se. Eu me considero responsável porque foi o não saber que o matou, pobre coitado. Se eu lhe tivesse dito o que sabia, talvez... Mas não pude. Não podia deixá-lo vê-la dessa maneira. Eu pretendia voltar, enterrá-la como deve ser, mas quando ele tirou a própria vida, tudo se tornou tão... desnecessário. O tempo avançou e eu acabei por me esquecer disso."

"E Lance? Nunca o confrontou com o que você sabia?"

"Não, nunca. Mas quando você anunciou que tinha sido perseguido até aqui por aqueles vermes de quem tentou proteger Urso Castanho, eu sabia que Lance o seguiria. Então, eu o segui."

"Quer dizer que foi Lance que plantou aquelas pontas de charutos," disse Miles, "para pôr desconfiança em você?"

"É isso, Henderson?" disse Reuben, seus olhos nunca deixavam o guarda-costas de seu pai. "É isso o que você acha que aconteceu?"

Henderson segurou o olhar fixo de Reuben. "Não consigo pensar em mais nada. Assim que se soubesse que Emily estava aqui, baleada em pedaços, haveria inferno para pagar. Lance sabia que eu tinha sentimentos por ela. Suspeito que seu pai também sabia. Seria fácil colocar a culpa em mim."

Inclinando-se para trás na cadeira, Reuben estudou o grande homem sentado do outro lado da mesa por algum tempo. A explicação dele fazia sentido. Lance era esperto, engenhoso. Se alguém podia engendrar um cenário tão enganoso, era ele. Ele soltou um longo suspiro. "Há uma coisa que eu não entendo", disse ele, lentamente, arejando seus pensamentos, "por que Lance a mataria dessa maneira? Se ele a amava, quero dizer."

"Como você também amava..." disse Miles Monroe, olhando para o chão.

"Eu... eu tentei entender a situação todos estes anos. Honestamente não acho que Lance a matou. Acho que foi o marido dela, consumido pelo ciúme. Isso é o que eu acho."

"Como é que ele sabia?"

"Talvez ela lhe tenha dito, quem sabe. Não consigo ver Lance a matando, não importa o que ele tenha tentado fazer para me incriminar."

"E há outra pequena preocupação que eu tenho. Por que é que Lance incriminaria *você*, por que não confrontar o marido, trazê-lo à justiça. *Se*, é claro, ele era o assassino?"

"Eu não posso responder a isso. Lance sempre teve inveja de minha relação com seu pai, da confiança que temos. Talvez ele tivesse projetos para melhorar a si mesmo no rancho."

"Promoção? Ao incriminar você com o assassinato de Emily?" Reuben esperou, mas com Henderson caindo num silêncio mal-humorado, acenou para Miles. "Desamarre-o e vamos falar com Lance. Talvez então possamos obter algumas respostas diretas."

"Se ele ainda estiver vivo."

"Sim... *se* ele ainda estiver vivo."

Ao pisar fora da cabana, todos os três congelaram no primeiro degrau.

Lance não estava deitado no chão.

Lance tinha desaparecido.

CAPÍTULO VINTE E DOIS

Velho Bill Night dirigia o bordel na cidade de Saint Boniface, e ele estava tão cheio de pulgas quanto o estabelecimento que supervisionava. Na maioria dos dias, e noites, ele se esticava sobre uma cadeira de balanço, bebendo uísque de uma jarra de pedra, vendo o mundo passar com a mesma aceitação cansada que ele sentia sobre sua vida passada. Há muito tempo atrás, ele vagueava pelo campo, um caçador de recompensas à procura das muitas e variadas colheitas que estavam tão ricamente espalhadas pelo Oeste. Tendo acumulado dinheiro suficiente, ele comprou um saloon na cidade de Saint Boniface e se estabeleceu em um ritmo constante, eventualmente ampliando seu negócio para incluir um bordel. Muitas vezes, ele tomava parte das delícias oferecidas por suas empregadas, mas muitos anos se passaram desde a última vez que ele sentiu até o mais leve desejo por tais indulgências. Quando dois anos antes, Nancy chegou de Chicago, tão bonita como uma manhã de primavera, com seu cabelo louro acinzentado empilhado alto em sua cabeça, o colete puxado firmemente em torno da cintura, e suas costas tão carnudas, não houve o mais leve acelerar do coração, sem um romper de suor. Nada. Velho

Bill soube então que a vida não era nada mais do que uma sala de espera para o inevitável.

Abaixo dele, esparramado nos degraus, Joshua LeMar arranhava seu banjo. Joshua era tão maldoso quanto uma cascavel com dor de dentes, e amarrado às costas de seu banjo estava uma Wells Fargo Navy, com a qual ele costumava atirar em estranhos que passavam. Desde que o Xerife Morris faleceu no outono passado, não havia nenhuma lei em Saint Boniface e Bill preferia assim. Isso trouxe um grau de liberdade aos seus negócios. Se alguém saísse da linha, era a ele que cabia ajeitá-lo. Ou Joshua, agora que Velho Bill estava muito mais lento, seus joelhos inchados como nós de uma árvore, suas mãos dobravam-se com os dedos parecendo-se mais como garras do que com os ágeis dedos que um dia foram. Ele gostava de Joshua e o mantinha ao seu lado, oferecendo-lhe bebidas e ocasional passe livre com uma das garotas. Joshua retribuía a gentileza, vigiando as costas do Velho Bill. Era um acordo mutuamente benéfico e assim tinha sido por pelo menos meia dúzia de anos. Nenhum dos dois via qualquer motivo pelo qual isso deveria mudar.

Bill Night cochilou, mas com o sol difuso, a névoa branca do inverno aliviando a sua intensidade habitual que sugava a vida da terra e branqueava os edifícios que corriam por ambos os lados da única rua da cidade, isso era difícil. Nos meses de verão, as pessoas assavam dentro de suas casas e lojas como se fossem pães no forno. No inverno, eles tremiam, entorpecidos pelo frio. Esta era uma dessas manhãs, e ele pensava em ir para dentro de casa e se aquecer em frente ao fogo quando um homem veio a cavalo. Joshua o viu primeiro, grunhiu e sentou-se. Velho Bill virou seu magro pescoço de galinha e franziu a sobrancelha. Era raro alguém chegar à cidade hoje em dia, ainda mais raro era um cavaleiro solitário, muito menos um como este. Inclinado, vestido com uma camisa branca que acentuava o sangue secando na frente. Velho Bill mediu-o e decidiu que o homem ou tinha sido baleado ou esfaqueado. A esta distância, ele não conseguia dizer qual. Ele notou que o homem não tinha uma arma de mão, apenas uma velha carabina carregada com uma bainha presa à sela. O aspecto mais perturbador do estranho, porém, era sua palidez. A perda de sangue iria matá-lo com certeza.

"Vá vê-lo, Josh."

Grunhindo novamente, Joshua deu uma última nota em seu banjo e se levantou. Verificando os dois lados da rua, ele desceu do saloon e atravessou direção ao estranho.

Velho Bill continuou a assistir. Ele virou a cabeça e chamou para o salão, "Katrina. Traga minha arma." Estudando o estranho novamente, a maneira como sua cabeça balançava de um lado para o outro, a mão não segurando as rédeas direito, era claro que ele não estava em condições de causar qualquer tipo de ameaça, mas Velho Bill não era do tipo de arriscar. Quando Katrina saiu para a luz do sol, apertando os olhos com o brilho, ele lhe arrancou a arma e rapidamente verificou a carga. "Volte para dentro", ele disparou, e Katrina fez isso, parando por um momento para dizer ao Velho Bill que o saloon estava com pouco uísque. Ele zombou e voltou sua atenção mais uma vez para o estranho.

Com os olhos fixos no cavaleiro sofrendo, tranquilizando-se de que não havia nenhuma arma na cintura, Joshua tirou a Wells Fargo da parte de trás de seu banjo e se acomodou ao lado do cavalo. Atirando o instrumento musical sobre o ombro, ele gentilmente tomou as rédeas, impedindo que o cavalo continuasse. Percebendo a parada repentina do progresso de sua montaria, a cabeça do desconhecido se ergueu.

"Amigo," disse Joshua através de dentes cerrados, "você está péssimo. Não temos aqui nenhum médico, mas podemos levar você para o saloon. Algumas das garotas sabem uma ou duas coisas sobre remendar feridas e coisas do gênero. Você foi baleado?"

O estranho sacudiu a cabeça, uma ação que lhe causou alguma angústia. Ele encolheu, sugando a respiração com um assobio. "Uma faca. Profunda."

Joshua colocou a Wells Fargo na cintura e esticou os braços: "Deixe-me lhe carregar, amigo. Eu vou levar você ao saloon. Feridas de faca são quase sempre as piores."

O estranho deixou-se cair nos braços fortes de Joshua. Ele gemeu, o sangue vazando de sua ferida para espirrar na camisa de Joshua.

"Diabos, precisamos remendar você depressa."

"Eu a tirei", disse o estranho.

"Céus, não sei se foi a coisa certa a se fazer, amigo." Ele virou a cabeça para os degraus do saloon e assobiou alto. "Velho Bill, arranje alguém para levar o cavalo deste homem para a cavalariça. Depois diga às garotas para limparem uma mesa. Ele vai precisar de remendos e bem depressa. Ele está sangrando, Velho Bill."

Tudo aconteceu muito rapidamente a partir desse ponto. Do nada, o estranho pareceu reunir a energia que lhe restava, alcançou a Wells Fargo de Joshua, e a puxou.

"Oh meu Deus", disse Joshua.

O estranho atirou em seu estômago e Joshua caiu no chão, rolando e gritando, agarrando a terrível ferida no meio de sua barriga, o sangue jorrando entre seus dedos. "Ele me matou, Bill. Ele me matou."

O estranho atirou em Joshua mais duas vezes para silenciá-lo antes de atravessar a rua em direção ao saloon.

"Oh meu Deus", respirou Bill e levantou-se, com as pernas velhas vacilando embaixo dele. Havia pouca força nelas e ele não podia ficar de pé por muito tempo. Mesmo assim, ele conseguiu levantar a espingarda e disparar um cano. O estranho, porém, estava fora de alcance, os grãos de chumbo se espalharam inofensivamente em uma ampla faixa. O desconhecido continuou a avançar.

Afundando-se em sua cadeira de balanço, Velho Bill

amaldiçoou todas as entidades em que alguém já havia acreditado e tentou em vão atirar novamente.

O homem subiu os degraus, a Wells Fargo apontada a frente. "Larga isso."

Velho Bill cedeu, caindo em si, a espingarda batendo no chão. "Não tinha necessidade de matar Josh assim, senhor. Ele só estava tentando ajudar."

"Garotas, ele disse", continuou o estranho, dispensando as palavras de Velho Bill como se ele nunca as tivesse ouvido. "Elas podem remendar-me, disse ele. Então, diga-lhes para se prepararem para isso." Ele aliviou o martelo da arma, "Ou arrebento sua cabeça murcha, velhote."

Como as coisas estavam, Velho Bill não precisava chamar ninguém. Katrina já estava vindo pelas portas vai e vem apressada. Nas mãos dela estava uma pá de cabo longo que ela balançava em um arco largo. Antes que o estranho tivesse oportunidade de se virar, a parte achatada da pá bateu na lateral de sua cabeça e ele caiu no chão com um baque surdo, inconsciente.

"Faça com que as garotas amarrem este verme", sibilou Velho Bill, com uma mão trémula a limpar o suor que rolava seu rosto abaixo, "e depois vamos enforcá-lo bem aqui na rua."

"Pode apostar", disse Katrina enquanto se apoiava na pá para admirar o seu trabalho manual.

CAPÍTULO VINTE E TRÊS

"Esta é a prova de que ele o fez", disse Miles Monroe, quando os três partiram em suas montarias para perseguir Lance.

"Parece que sim", grunhiu Henderson, acendendo um charuto. Fixando-o no canto de sua cruel boca, ele atirou um olhar de ódio para o Reuben. "Eu diria que me deve um pedido de desculpas, garoto."

"Eu disse, e não volto a dizer, me chame de garoto mais uma vez e você vai para o chão."

"Agora espere aí", disse Monroe rapidamente, "não há mais necessidade de continuar esta rixa. Temos de trabalhar juntos para pegar Lance e levá-lo de volta para o rancho para que o Sr. Cole possa interrogá-lo e de alguma forma chegar à verdade de tudo isto."

Eles guiaram seus cavalos para a floresta a sua volta, cada homem atento aos ramos salientes, mergulhando a cabeça a cada poucos passos.

"Acho que é melhor assim", acrescentou Monroe, "se aquela pobre garota conseguir algum tipo de justiça".

"E eu quero aquele pedido de desculpas", rosnou o Henderson.

"Se Lance disser a mesma história, você vai conseguir Henderson", disse Reuben, vasculhando o chão em busca de qualquer sinal. Sua mente estava mais em Urso Castanho naquele momento e onde seu amigo poderia ter ido. Homens como Henderson agiam primeiro, depois faziam perguntas. Ele teria matado Urso Castanho antes mesmo de se aproximar da verdade. O índio tinha feito a coisa certa ao fugir, mas onde ele estava e o que ele ia fazer eram mistérios para Reuben. Ele não podia explicar, mas sabia que Urso Castanho estava em algum lugar próximo, vigilante, ganhando tempo, mas para quê, Reuben não podia nem imaginar.

Foi quando eles emergiram do outro lado da floresta que primeiro avistaram os cavaleiros. Reuben contou quatro. Eles não pareciam estar com pressa, mas estavam indo na direção da cabana.

Reuben sabia instintivamente quem eles eram. "É melhor desmontarmos e buscarmos cobertura", disse ele.

"Acha que são os mesmos que tentaram matar você, Reuben?"

Reuben assentiu para Monroe: "É difícil dizer, mas por que outro motivo quatro homens viriam por aqui?"

"Bem, não temos muita escolha a não ser nos escondermos aqui", disse Henderson, agarrando-se à sela. "Lance levou o cavalo com a única carabina que tínhamos, por isso vamos ter de os atacar de perto."

"*Atacar*"? Gritou Monroe. "Que diabos significa isso?"

"Significa," disse Henderson, abaixando-se ao chão, "que eles são assassinos e não estarão com disposição para falar sobre o tempo."

"Mas caramba, Sr. Henderson, não sou um pistoleiro. Eu sou um vaqueiro e nunca—"

"Bem, agora é hora de aprender, Monroe. Verifique sua munição e depois tire os cavalos de vista. Certifique-se de que estejam bem amarrados porque quando o tiroteio começar, eles vão ficar assustados."

"Acho que não consigo—"

"Faça isso. *Agora.* "

Por um momento parecia que Monroe poderia argumentar ainda mais, mas quando Henderson colocou as mãos na cintura e lhe deu um olhar duro, o jovem vaqueiro se afastou, derrotado. Reuben o viu afastando-se com os cavalos.

"E você, Reuben? Está disposto a isso?"

Reuben virou-se para segurar o olhar de Henderson. "Custe o que custar."

"Você amadureceu muito depressa nestes últimos dias, não foi?"

"Ainda não fiz quinze, como você bem sabe, mas nada disso importa mais. Já matei homens antes e se não voltar a matar desta vez..." Ele olhou para os cavaleiros, "Bem, eles certamente vão matar a mim."

"Eu te julguei mal."

"Por que? Porque agora sou um assassino?"

"Não. Porque você entende que a vida raramente lhe dá uma boa mão. É como você joga o jogo que conta. Não apenas a matança."

"Quem me dera nunca ter feito isso. Quem me dera nunca ter saído naquele dia. Quem me dera nunca ter posto os olhos em Urso Castanho."

"Isso é um monte de desejos. Não se pode desfazer o que está feito, Reuben. O que precisa fazer agora é viver com isso, ou ao menos encontrar uma maneira de fazê-lo."

"O que eu preciso fazer agora," disse ele com um suspiro enquanto sacava a arma, "é tentar sair desta situação vivo."

Voltando a cabeça para os cavaleiros que se aproximavam, Henderson puxou um grande fôlego. "Ficamos escondidos e não abrimos fogo até eles estarem quase em cima de nós. Não dispare até que eu o faça, entendeu?"

Reuben assentiu. "Sim. Mas só tenho seis tiros."

"Então faça com que cada um deles valha. Aponte bem e quando um homem cair, atire nele outra vez."

Sem tempo para fazer mais perguntas, Reuben se separou, correndo em direção ao mato que se aglomerava entre as árvores. Ele não tinha noção de para onde Henderson tinha ido, pois sua concentração agora estava centrada em encontrar seu próprio lugar para se esconder. Mesmo assim, ao mergulhar mais profundamente na sinistra escuridão da floresta, algo à sua esquerda o fez parar.

Monroe estava enraizado, como as árvores, imóvel, olhando para algo. Reuben queria chamá-lo, mas não tinha força nem sentido para isso. O medo o agarrou. Os cavaleiros estavam se aproximando, e ele podia ouvir suas vozes, cheirar o fedor do suor do cavalo. E mesmo assim Monroe permanecia de costas para os homens como se estivesse em algum tipo de transe.

E então, sem nenhuma razão aparente para tal coisa, ele caiu de cara no chão. Reuben observou, mas não conseguia entender. A morte, tão silenciosa como a noite, tinha-o envolvido.

Envolveu a todos eles.

CAPÍTULO VINTE E QUATRO

O primeiro soco de Velho Bill atingiu as costelas de Lance com o poder do pontapé de uma mula, fazendo com que a ferida em seu peito explodisse em uma erupção de sangue. Lance gritou. Isto não parou Velho Bill, mas o estimulou. "Você matou o meu melhor amigo", ele rosnou e acertou uma pesada mão esquerda na mandíbula de Lance, virando a cabeça do cowboy de volta. Norton, o barman, e Sarah, uma grande prostituta com braços como troncos de árvores, seguravam o infeliz Lance. No interior do saloon, meia dúzia de garotas, riam alegres. Estavam todas se divertindo.

Todos, exceto Lance, é claro, que estava engolindo sangue e ranho enquanto borbulhavam e espumavam em sua garganta.

"Cuidado para não o matá-lo antes de o enforcarmos", disse Norton.

Foi um conselho oportuno. Não por qualquer sentimento de misericórdia, mas simplesmente porque ele estava perto da exaustão, Velho Bill cedeu e tropeçou para trás para cair em uma cadeira, sibilando alto. "Dá-me uma cerveja."

"Vai buscar uma bebida para o Velho Bill, uma de vocês!"

Katrina mergulhou rapidamente para trás do bar e colocou um copo empoeirado abaixo da bomba manual de cerveja. A cerveja de cor pálida subiu sobre a borda, a espuma cremosa preenchendo mais da metade, mas mesmo assim ela levou-a a Velho Bill, que a bebeu com grande gosto.

Ele passou uma mão enrugada pela boca, batendo os lábios. "Estava bem saborosa. Traga-me outra."

Foi o que Katrina fez. Com essa, Velho Bill levou o seu tempo.

"Arraste-o para fora", disse ele depois de um momento. "Vamos enforcá-lo em frente à loja de Carl Malone. A placa dele tem um bom e forte poste de metal."

"Malone saiu da cidade esta manhã cedo, Velho Bill", disse Sarah, suando com o esforço de manter Lance em pé.

"Está pensando que preciso lhe pedir permissão?"

Ela deu de ombros. "Pode ser. Mas pelo que percebi, ele não vai voltar. Diz que esta cidade está morta e que ele foi procurar a sua fortuna em outro lugar. Portanto, sim, faça o que você acha que seja certo."

"Caramba, Sarah, você pensa como uma criança."

"E o corpo de um bisão macho", acrescentou Norton, passando a língua pelo lábio.

"Tudo o que é masculino mexe com você, Nort", respondeu Sarah, atirando a cabeça para trás gargalhando alto. As outras garotas riam.

"Nunca ouvi você reclamar", disse Norton, um pouco magoado.

"Isso é porque eu não consigo falar quando estou rindo!"

"Ele é pequenino", gritou outra jovem prostituta no canto.

"Como um girino."

O teto do lugar quase desabou com o riso descontrolado dos que assistiam.

Com o rosto vermelho, Norton se afastou, soltando o cowboy. "Eu não vou ouvir isto."

Sarah também o soltou e Lance caiu com um baque no chão. Sarah, soprando um suspiro de gratidão por poder soltar sua carga, inclinou-se sobre o balcão para Katrina, que ainda lá estava. "Que tal uma cerveja para mim, minha pequena?"

Katrina deu uma longa olhada à sua colega. Mesmo assim, ela serviu-lhe um copo de cerveja.

"Vamos levá-lo para fora", disse Velho Bill com uma voz cansada. "Estou farto de olhar para a cara dele."

Agachado do lado de fora ao lado das portas do saloon, perdido nas sombras lançadas pelo telhado da varanda, Urso Castanho ouvia cada palavra. Escapando temendo por sua vida, ele desapareceu na floresta e planejou voltar para ajudar Reuben a escapar quando fosse a hora certa. Esses planos, no entanto, mudaram drasticamente quando Lance se levantou cambaleante e se arrastou dolorosamente até o cavalo de Reuben. Urso Castanho observou-o em silêncio enquanto o cowboy ferido escapava. Despertando a si mesmo, ele tinha rastreado Lance com facilidade, seguindo-o até a cidade, acreditando que ele poderia, de alguma forma, convencer Lance a voltar ao rancho de Reuben, dar sua versão dos acontecimentos, enfrentar as consequências, e assim fazer com que Reuben ficasse bem com seu pai.

Mas então ele testemunhou o assassinato do tocador de banjo e percebeu, mais uma vez, que os planos precisariam mudar.

Então aqui ele estava agachado, à espera.

CAPÍTULO VINTE E CINCO

O tiroteio explodiu sem aviso prévio. Reuben saltou aos seus pés quase antes das palavras de Henderson gritarem: "Abra fogo neles, abre fogo neles!"

Ele entrou num outro mundo. Num instante ofuscante de medo e confusão, a floresta ao seu redor, tão recentemente tranquila e serena, era agora um terreno de matança. Homens lutando desesperadamente para manter os cavalos aterrorizados sob controle, disparavam sem mira enquanto Henderson, tão alto, tão grande, disparava com grande precisão.

Correndo, abaixado, Reuben foi para a cobertura mais próxima - um tronco de árvore caído, velho e nodoso, mas mais grosso que um boi. Mergulhando por cima dele, ele rolou, arriscou um olhar, e assistiu, hipnotizado, enquanto Henderson atirava num homem na sela, lançando-o rodando para a terra, o sangue rojando de seu peito. Uma outra bala surgiu para atingir o homem caído na cabeça, antes que os outros juntassem seus sentidos e atirassem de volta de uma forma muito mais controlada.

Três homens, todos a cavalo, suas montarias gritando, virando, chutando, e lutando. Outro caiu, a bala arrebentando a parte de cima de seu ombro. Ele gritou e os dois cavaleiros restantes decidiram que o melhor para eles era desmontar.

Assim fizeram, mas não de uma forma ordeira. Atirando-se ao chão, os seus cavalos, aliviados por estarem livres, dispararam em um galope descontrolado. Rolando para qualquer cobertura que pudessem encontrar, os dois homens desperdiçaram tiro após tiro.

A dada altura, Henderson se abaixou e se atirou para o lado. Ele conseguiu ficar de joelhos, mas enquanto Reuben o estudava, viu o sangue descendo por seu pulso esmagado. Sua mão da arma estava arruinada.

Aparentemente despreocupado, Henderson remexeu nas profundezas de seu grosso sobretudo para retirar outra arma. Da sua posição de joelhos, ele disparou mais dois tiros antes que uma bala o atingisse na garganta.

A boca de Reuben caiu aberta e ele assistiu como se estivesse num sonho, um assustador tom cinzento caindo sobre a cena. Henderson tombou como uma grande árvore, a força tendo abandonado seu corpo. Acabou-se o controle. Acabou-se a vida. Ele bateu no chão da floresta e ficou parado.

Morto.

Gritando, Reuben deixou sua cobertura. Sem tempo para pensar, convulsionado por uma força irresistível, ele se movimentou através do terreno aberto, sua pistola à sua frente, toda sua concentração nos dois homens restantes. Eles ficaram boquiabertos, de olhos arregalados, incrédulos, e dispararam alucinadamente.

Reuben continuou a marchar. A cerca de dez passos, ele parou, prendeu a respiração e atirou no primeiro homem entre os olhos. O outro parou, atirou seus braços para cima, e balançou a cabeça violentamente.

Reuben deu-lhe um tiro no peito, atirando-o contra a árvore mais próxima, para deslizar e cair numa posição sentada. Ele olhou, sua boca tentando formar palavras e Reuben atirou nele novamente, desta vez na cabeça.

Durante o mais breve dos momentos, o silêncio caiu. Não um silêncio natural, bem-vindo, mas um que parecia não conter nada mais do que um presságio. Reuben jamais poderia explicá-lo, mas algo, uma mensagem ou aviso do ar, etéreo, inexplicável, o fez se virar. Numa meia-volta, ele torceu, a arma perto do quadril, a palma da mão esquerda no martelo.

Três balas atingiram o estranho que se aproximava, o homem que, Reuben mais tarde descobriu, tinha matado Monroe. Ele caiu, o arco que carregava, aquela ferramenta silenciosa de morte, caindo ao seu lado.

A quietude penetrou profundamente em seus ossos enquanto Reuben se jogava sobre uma árvore caída e carregava metodicamente sua pistola com a munição que tinha tirado de um dos mortos. Ele tremeu e virou os olhos para o céu. A fina cobertura de nuvens brancas dava a tudo uma sensação sobrenatural, como se de alguma forma ele tivesse passado para outra existência distante deste mundo. Sufocante e deprimente, o peso da atmosfera se instalou ao seu redor e não o deixou ir.

Depois de alguns momentos, ele foi até o corpo de Henderson, remexeu no bolso do grandalhão e encontrou um charuto, juntamente com uma pequena caixa prateada que continha alguns fósforos. Ele estudou o charuto durante vários minutos, enrolando-o nos dedos, depois enfiou-o na boca, acendeu-o e respirou o tabaco.

Instantaneamente agarrado por um ataque incontrolável de tosse, ele se dobrou e vomitou, sentindo a bílis subindo em sua garganta e jogou fora o charuto com nojo.

Ele se levantou trêmulo, pressionando a palma da mão em seus olhos lacrimejantes, e, tendo recuperado um pouco de sua compostura, fez o seu melhor para verificar os outros corpos, chutando-os de lado para ver se mexiam.

Um deles, um indivíduo magro e rijo, gemeu quando a bota de Reuben atingiu suas costelas. Sem uma pausa, Reuben ajoelhou-se, habilmente pegou a arma do homem, e atirou-a para fora do alcance.

"Misericórdia", o homem conseguiu dizer, babando sangue enquanto falava. Seus dentes, os poucos que sobraram, também estavam inundados de sangue. Reuben sabia, sem verificar a ferida, que o homem tinha sido atingido diretamente no estômago. Ele estaria morto dentro de uma hora. "Pelo amor de Deus, eu imploro..."

Reuben pôs o dedo indicador na boca do homem. "Está tudo bem, tente não se agitar demais."

Com velocidade e força surpreendentes, a mão do homem estendeu-se para a frente, agarrando o antebraço de Reuben. "Eu vou morrer, não vou? Oh, querido Jesus, não me deixe morrer!"

"Você precisa ficar quieto", disse Reuben, fazendo o seu melhor para parecer tranquilizador. Ele tentou, em vão, remover o forte aperto do homem. "Vou buscar-lhe um pouco de água."

"Não, por favor, não me deixe sozinho."

"Vai ser só por um momento", disse Reuben, mais uma vez fazendo o seu melhor para se libertar. O homem agarrou-o, no entanto, talvez mais forte do que antes. Uma expressão febril e selvagem em seus olhos fez com que Reuben notasse quão aterrorizado estava o moribundo.

"O índio. É tudo culpa do que nós fizemos. Ele me matou."

Reuben piscou surpreso. "O quê? Não, não, ele foi embora. Ele..." Ele parou, não querendo expandir a verdade. Também sabia que era fútil. O homem estava além de compreender qualquer coisa.

"Nunca deveríamos... Nunca deveríamos ter ouvido Banner. Nada disso tinha algo a ver com nenhum de nós. Se ao menos eu tivesse ficado no forte. Se ao menos..." Agarrando o braço do Reuben com ainda mais força do que antes, o homem se alavancou para se sentar. Através de seus lábios trêmulos, a sua voz se agitava: "Eu o vejo. Eu o vejo chegando."

"Quem? Quem você vê chegando?"

A cabeça do homem virou para os lados, o seu olhar selvagem

ardia contra o de Reuben. "Ele está aqui e veio para me matar. Sinto muito. Meu Deus, sinto muito."

A bala atingiu o homem entre os olhos, atirando o seu corpo partido de volta para a terra. Reuben se virou rapidamente, sacando sua arma.

Durante o mais breve dos momentos, ele olhou fixamente para o rosto do homem que tinha causado tudo isso. O que chamavam de Banner. Reuben atirou-se para a direita quando a arma do homem irrompeu em chamas. Rolando sem parar, ele sabia que tinha de se manter um alvo em movimento, senão tudo estaria acabado. Com poucas oportunidades de carregar sua própria arma, ele continuou a rolar até chegar a um tufo de sálvia e se apressar para dentro dos galhos frágeis, mas afiados.

A dor gritou por seu ombro. Ele não tinha notado até o momento em que parou. Agora percebia que tinha sido baleado. Com pouco tempo para reagir, afastou a agonia e arriscou uma olhada. Ele viu o desajeitado Banner recarregando freneticamente. Reuben levantou a arma e disparou. Uma, duas, três balas. Todas elas sem mira, mas tiveram o efeito desejado e Banner se virou e correu, direto para as profundezas das árvores, engolido pela escuridão. Desapareceu.

Reuben permaneceu no mato, não se atrevendo a emergir até ter a certeza de que Banner tinha ido. Assegurado, ficou de pé e imediatamente sugou uma respiração afiada através de seus dentes, a dor no ombro queimando com intensidade, diferente de qualquer coisa que ele já havia experimentado. Empurrando sua arma para o coldre, ele sondou a ferida com os dedos e suspirou com alívio. A bala tinha raspado a carne, criando um sulco profundo através de sua camisa. O sangue escorria e doía para cacete, mas pelo menos a bala não estava lá dentro. Rasgando o seu lenço, moldou-o numa bola e tampou a ferida com ele para estancar a hemorragia. Depois, se ocupou recarregando sua pistola. Havia muitas outras armas de fogo espalhadas por ali, juntamente com vários itens que ele poderia usar. O seu primeiro problema, no entanto, era encontrar um cavalo. Todos eles tinham fugido. Monroe não tinha sido capaz de amarrar as montarias deles antes de ser morto, então elas também tinham ido embora. Sem um cavalo, ele não iria muito longe com este frio.

Dando uma última olhada ao redor e se assegurando de que Banner tinha ido embora, ele lenta e metodicamente se moveu através das árvores até que, finalmente, encontrou um par de cavalos pastando tranquilamente em alguns tufos de grama grossa. Ele quase desmaiou de alívio.

CAPÍTULO VINTE E SEIS

Mitch estava cansado. Ele tinha dormido na sela, mas agora, esticando as costas, cada músculo e tendão doía de uma forma que o fazia pensar que seu corpo tinha se transformado em pedra. Avançando com seu cavalo, ele olhou pela planície sem fim esticando-se em direção ao horizonte distante. Ao ver as montanhas distantes, nebulosas e cinzentas na fria luz da manhã, ele percebeu que ainda tinha um caminho considerável a percorrer antes de chegar ao Forte Defiance, o lugar para onde acreditava que o jovem Reuben tinha ido. Mas isso foi antes de ter ouvido os tiros. Ele tinha, portanto, contornado mais para oeste, não disposto a envolver-se em qualquer tiroteio, não importava quem estava atirando. Ele sabia que Arapahos continuavam a vaguear por esta área e circulavam rumores há algum tempo de que invasores, famintos, tinham atacado casas. Pessoas tinham morrido. Mitch era um homem só e, embora fosse bom com uma arma, duvidava que pudesse durar muito contra um grupo desesperado de índios saqueadores.

Cavalgando ao redor da floresta que separava a pradaria em duas partes distintas, ele chegou a uma elevação e lá, bem abaixo, uma cidade. Tinha que ser Saint Boniface. Sem saber o que o esperava lá, ele seguiu em um ritmo mais cauteloso.

Ele avistaria o índio um pouco mais tarde. Agachado na paisagem ondulante, Mitch notou que o homem estava a pé e se movimentava com um andar equilibrado e inclinado. Além disso, era claro que ele estava indo em direção à cidade. Agora, por que é que ele estaria indo para lá, pensou Mitch, esfregando o queixo. Isso significava que Reuben estava na cidade? Sozinho? Eles, Reuben e o selvagem, tinham saído juntos do rancho, e agora tinham se separado? Quando o Sr. Cole os convocou para a biblioteca, ele estava de cabeça baixa, segurando o chapéu na frente da virilha, movendo-o em círculo. À sua frente estava Sr. Henderson e Lance. Ambos pareciam agitados com alguma coisa. Mitch podia adivinhar o que era, mas guardou para si.

"Quero que o traga de volta", dizia Sr. Cole, sentado atrás de sua grande mesa, com os olhos molhados de lágrimas. "Eu não deveria ter dito as coisas que disse. Ele é o meu único filho e não o quero morto por aqueles... aquela escória assassina vinda de Forte Defiance. Está me ouvindo, Henderson?"

"Estou, Sr. Cole", disse Henderson, com as costas eretas, orgulhoso como sempre. "Vou trazê-lo de volta."

Uma cabana, ele disse", disse Sr. Cole. "Algo sobre uma cabana. Você acha que ele vai para lá?"

"Poderíamos começar por esse lugar."

"Ou talvez ele vá para Defiance", disse Mitch, sem saber se era seu dever dizer isso, mas dando a sugestão mesmo assim.

Sr. Cole olhou diretamente para ele, e Mitch preparou-se para uma repreensão. Não foi o que aconteceu. Em vez disso, Sr. Cole soltou um suspiro longo e baixo. "Sim. Foi lá que você descobriu sobre esse verme desse Banner, não foi, Lance?"

"Foi, Sr. Cole, mas eu não acho—"

Cole afastou qualquer objeção. "Você vai para o forte, Lance. Henderson, você vai diretamente para a cabana. Leve Monroe."

Sr. Cole levantou-se e virou-se para a janela. A conversa tinha acabado. Mitch afastou-se para permitir que seus superiores saíssem da sala. Colocando seu chapéu na cabeça, Mitch ia segui-los.

"Mitch", disse Cole, a voz dele como um estalo de um chicote. "Você fica aqui. Quero falar com você." O Mitch franziu a sobrancelha, perplexo e olhou para seu patrão. "Feche essa porta, não quero que ninguém ouça o que tenho para lhe dizer."

Obedientemente, Mitch fechou a grande e pesada porta da biblioteca e virou-se.

"Sente-se, Mitch. Preciso conversar com você de homem para homem."

Confuso, Mitch puxou uma cadeira e lentamente sentou-se em frente ao seu patrão, o homem a quem havia servido durante mais de seis anos. Um homem que ele respeitava. Um homem que ele nunca tinha visto tão perdido, tão desesperado.

"Sei que não há amor algum entre Henderson e Lance", ele começou, sentando-se de volta em sua cadeira giratória, olhando para o teto. "É por isso que não queria que ambos fossem para a cabana. Você sabe as razões, não sabe, Mitch?" Ele voltou para o seu lugar, movendo ligeiramente a cabeça para estudar Mitch com grande interesse.

Mitch tinha o chapéu no colo agora, passando a borda através dos dedos, como antes. Ele estava nervoso, preocupado. Não sabia para onde isso iria. "Um pouco, Sr. Cole."

"Acho que você sabe mais do que um pouco, Mitch. Você e ela, vocês eram amantes, não eram."

Mitch levantou a cabeça e olhou alarmado para seu patrão. "Sr. Cole, eu não sei o que você—"

"Pare", disparou Cole. "Você acha que sou uma espécie de cabeça-dura, como todos os outros? Você acha que desde que deixei de cavalgar para supervisionar o rancho eu mesmo, tornei-me ignorante, sentado aqui à minha mesa sem nada para fazer a não ser beber uísque? E agora, sem a Sra. Cole, você acha que me afundei ainda mais."

"Isso não é verdade, Sr. Cole. Todos o respeitam e admiram."

"Respeito e admiração não têm nada a ver com isso. Eu posso não estar lá fora, laçando bois, domando cavalos, mas eu sei o que se passa, Mitch. Eu sei sobre você, Lance e aquela maldita mulher."

"Sr. Reuben—" Horrorizado, Mitch levantou-se da cadeira, "Não tenho a certeza de que você saiba de tudo. O que aconteceu entre mim e... bem, não foi o mesmo que a confusão que ela teve com Lance. Não é justo que você—"

"Eu nunca disse que era justo, Mitch. Nada disso. Relaxa, sei tudo sobre o que se passou entre vocês e aquela maldita mulher. Você a amava, não é verdade?"

Mitch encarou, incapaz de vocalizar qualquer um dos numerosos pensamentos que se passavam em sua cabeça. "Eu, er, eu não sei bem, Sr. Cole."

"Você tinha sentimentos por ela, assim como Henderson e Lance."

"*Lance?* Lance não tinha sentimentos por ela, Sr. Cole. Ele só queria obter o que podia dela. Não havia... Sr. Henderson, sei que ele sentia muito por ela, romanticamente falando. Mas ele é um cavalheiro, um homem de honra. Ele nunca se forçou uma única vez para cima dela, ao contrário de Lance. Lance era... Raios, Sr. Cole, quer que eu te diga isso?"

"Eu agradeceria, Mitch."

Mitch inchou as bochechas. "Não é uma história bonita, Sr. Cole."

"Acho que já adivinhei isso. Diga, Mitch."

"Muito bem. Lance a visitava regularmente e quanto mais ele a visitava, mais ficava obcecado. Sr. Henderson, ele descobriu. Partiu-lhe o coração, acho eu."

"E você?"

"Diabos, eu não tive muita coisa com ela, para ser honesto, apesar dos meus sentimentos."

"Para ser honesto?" O sorriso de Cole parecia mais um escárnio de onde Mitch estava sentado. "Não insulte minha inteligência, Mitch."

Respirando fundo, Mitch tirou o seu lenço e o passou na

testa. "Bem, já que você obviamente sabe... Sim, é verdade. Eu tive relações com ela. Montes de vezes."

"Quando Lance estava longe, no campo."

"Se Lance tivesse descoberto, teria me matado."

"Acho que talvez ele tenha descoberto, Mitch."

"Até onde sei, não."

"Ela era uma mulher casada, Mitch. Isso nunca passou por sua cabeça quando estava com ela? Tanto você como Lance... Meu Deus, o que ele fez àquele pobre homem. O marido dela. Levou-o para a morte, foi o que aconteceu."

"É como parece ter sido, Sr. Cole, mas isso não foi por minha causa. Ele teria encontrado Lance com ela. Foi por causa de Lance que ele—"

"Você é tão culpado quanto Lance, seu simplório." Cole rodou na cadeira para encarar Mitch diretamente. Ele se inclinou para frente, apoiando os cotovelos sobre a mesa. "Henderson sabia sobre ela e Lance, mas acho que ele pode ter ignorado o seu envolvimento. E é por isso que você ainda está vivo."

"Você não vai dizer a ele, vai, Sr. Cole?"

"Pareço um idiota?" Ele levantou uma mão rapidamente. "Não responda a isso. Não, Mitch, preciso de você vivo. Bons homens são difíceis de se encontrar hoje em dia, especialmente aqueles que sabem atirar. E a maneira como as coisas estão se passando em Washington... Bem, eu preciso de continuidade e normalidade, na medida do possível. Quero que você siga eles e se certifique de que não acabem matando um ao outro. Traga de volta meu garoto, são e salvo, e depois voltamos aos negócios. Como era antes de todo esse absurdo se apoderasse de nossas vidas. Deixe que eles avancem bem e depois siga-os. Eu sei que você é bom, Mitch. Retribua a fé que tenho em você."

"Sim, senhor, Sr. Cole, retribuirei."

"Ótimo, agora arranje um bom cavalo e provisões para dois dias e traga o meu garoto para casa."

Agora, vendo o índio se mover suavemente em direção à cidade, Mitch tinha uma sensação horrível de mal agouro. Onde estava Reuben, e todos aqueles tiros que ele ouviu tinham alguma coisa a ver com isso tudo? Ele tinha se metido num tiroteio? Ele mal tinha quinze anos e, tanto quanto Mitch sabia, não tinha muita ideia de como lidar com pistoleiros com a intenção de matá-lo. Ele era corajoso, não há como negar isso. A forma como ele se levantava contra Lance tantas vezes provava isso, mas um tiroteio, isso é diferente.

Com sorte, ele poderia conseguir algumas respostas na cidade. Rolando seus ombros, Mitch guiou seu cavalo pela ligeira inclinação em direção a Saint Boniface.

CAPÍTULO VINTE E SETE

Ele tinha uma ligeira ideia de que direção seguir. Atravessando pelas árvores, Reuben chegou aos rastros deixados pelos homens que tinham vindo para matá-lo. Ele os seguiu, o melhor que pôde, através do terreno ondulante. O chão estava duro devido ao frio intenso e muito poucas pegadas de cavalo eram visíveis. Ele recolheu as provisões que podia dos seus atacantes caídos, tirando de um dos dois cavalos que encontrou saco de dormir, água, alimento e munição, antes de ir. Ele tinha outra carabina Halls e mais um par de pistolas. Se ele não conseguisse encontrar seu caminho para a cidade de Saint Boniface, se sentia confiante de que poderia então sobreviver nas planícies, exposto como estaria aos duros elementos da natureza. Se necessário, ele mudaria seu caminho para o rancho e voltava para casa.

Claro que, se ele pensasse nisso, os rastros o levariam ao Forte Defiance, o lugar de onde sabia que os homens de Banner tinham vindo. Puxando as rédeas, ele parou seu cavalo e observou uma planície sem fim, a extensão de terra áspera e dura, destacando ocasionais agrupamentos de mato, um panorama de desespero se ele fosse honesto consigo mesmo.

A neve veio, sem aviso prévio. A sua capacidade de ler os

sinais ainda não estava suficientemente desenvolvida, então quando o tempo mudou ele foi apanhado desprevenido. Apertando o casaco à volta da garganta, ele inclinou-se para baixo sobre o pescoço de seu cavalo e tentou o melhor que pôde continuar.

Com o vento uivando e o frio virtualmente calcificando seus ossos, ele sabia que tinha que encontrar abrigo em breve. Se ele estivesse aqui fora quando a noite caísse, exposto aos elementos da natureza, congelaria até a morte. Perdido como estava, sem ter como ver nenhum rastro, sem saber que direção tomar, o sol obscurecido pela brancura estonteante, sua única esperança era de que o tempo pudesse melhorar. Ele rezava por isso. Constantemente. Apertando os olhos, confiou em seu cavalo para encontrar o melhor caminho para alguma salvação.

Os pesados passos dos cascos do animal soavam como um metrônomo da desgraça. Ele não sabia há quanto tempo ele e o cavalo andavam. Enrolado em seu casaco, por mais inadequado que fosse, Reuben tremia tão violentamente que seus dentes batiam em sua boca. Suas luvas de couro lhe davam pouca proteção. Suas orelhas e nariz estavam vivos de dor. Ele já não conseguia sentir seus pés. Uma escuridão enorme o oprimia, e ele se agarrava à crina do cavalo e fazia o melhor que podia para não pensar com melancolia em sua casa, nas fogueiras e na voz suave e reconfortante de sua mãe. Ele ainda não tinha quinze anos e, apesar de já ter matado, ainda não era um homem de força ou coragem. O medo borbulhava em suas entranhas, um medo que ele nunca tinha experimentado antes. Arriscando uma olhada para frente, tudo o que ele conseguia ver era uma cortina branca impenetrável. A nevasca consumia tudo, e parecia não ter fim. Não havia trégua. Ele gemeu, pressionou o rosto mais fundo no pescoço de seu cavalo e rezou novamente.

Logo, ele não conseguia mais pensar nem rezar. A escuridão, tranquilizadora e quente, lentamente caiu sobre ele e, mesmo sabendo que não deveria dormir, não tinha mais forças, nem vontade para se deter.

. . .

O primeiro indício que ele teve de que havia alguém próximo foi quando piscou os olhos e olhou para um céu azul brilhante. A tempestade tinha passado, e ele estava vivo. À medida que essa percepção penetrava em seus sentidos, uma sombra se moveu sobre ele, bloqueando o sol.

"Rapaz, você é mesmo uma pessoa difícil de se encontrar."

Franzindo a sobrancelha, Reuben tentava enxergar o dono da voz, mas tudo o que ele tinha era a silhueta diante de seus olhos. Só quando o homem se abaixou é que Reuben pôde ver o seu rosto. Ele arfou, moveu-se para sentar-se, e Mitch pressionou-o gentilmente para baixo.

"Você descansa, jovem amigo. Fiz uma fogueira e empilhei você em cobertores e coisas do gênero. O café está quase pronto."

Perplexo, Reuben tentou falar, mas sua garganta estava seca, contraída, e seus lábios, quando ele foi abrir a boca, racharam.

"Não tente falar nada. Assim que você tiver um pouco de comida quente e café dentro de você, as coisas vão ficar mais fáceis. Até lá, é só descansar."

"Cavalo..."

"O que? O seu cavalo? Ele está bem. Ele ficou com você depois que você provavelmente caiu de suas costas. Se ele não tivesse ficado, eu nunca teria visto você. Estava meio enterrado na neve." Mitch riu e afastou-se, deixando Reuben olhando com admiração para o céu e perguntando-se se Deus tinha realmente respondido às suas preces.

Ele se sentou em um cobertor, olhando fixamente para o fogo, com as mãos enroladas ao redor da xícara de café. Do outro lado, Mitch enrolava casualmente um cigarro e acendia-o com um pedaço de galho seco e queimado, colhido das chamas.

"O que está fazendo aqui fora, Mitch?"

O cowboy riu novamente e soprou lentamente a fumaça. "Por que, desejava que eu não tivesse vindo procurar por você?"

"Não, claro que não. Eu estou grato. Você salvou minha vida, acho eu."

"É bom saber que os meus esforços não foram em vão. Verdade seja dita, jovem, estou aqui procurando por você!"

Reuben balançou a cabeça, mais em desespero do que qualquer outra coisa. "Parece que há muita gente fazendo isso."

"Sim... Seu pai quer lhe pedir desculpas."

"Desculpas?" Reuben bufou uma explosão de ar enquanto zombava: "Meu pai nunca pede desculpas - por nada!"

"Bem, isso pode muito bem ser verdade, jovem, mas desta vez ele está falando sério. Ele mudou de ideia, creio eu, e quer que eu leve você de volta."

"*De volta...?*" Reuben desviou o olhar, o calor da raiva fazendo com que ele transpirasse. "Eu tenho coisas para fazer."

"Seja o que for, vai ter de esperar. Sr. Cole não é um homem a quem desobedecer - e eu preciso cumprir meu trabalho."

"Lance e Henderson, eles discutiram."

"Eles discutem sempre. São como duas velhas lavadeiras, não estão felizes a menos que estejam gritando por qualquer coisa!"

"Não, Mitch", Reuben virou-se e olhou diretamente para o rosto marcado do cowboy, "foi mais do que uma simples discussão. Lance estava ferido, muito ferido."

"Ferido? Você quer dizer, baleado?"

"Não. Apunhalado. Fundo no peito."

"Bom Deus Todo-Poderoso!" Mitch saltou para os seus pés. "Quem fez isso? Henderson?"

"Foi um acidente, acho eu..."

"Você *acha*? É melhor esclarecer esta história, Reuben. Seu pai vai querer um acerto de contas."

"É isso mesmo, Mitch. O acerto de contas já chegou. Lance escapou enquanto... Ah diabos, os detalhes não importam. O que importa é que Lance se dirigiu para a cidade de Boniface. Urso Castanho pode estar seguindo-o, mas não tenho certeza."

"Parece que você não sabe muito sobre muita coisa, Reuben!"

"É tudo..." Sentindo a pressão, Reuben bateu com os punhos nos laterais de sua cabeça. "Raios, nada está claro, não desde que desmaiei. Henderson e eu, tivemos que aguentar aqueles vermes que vinham atrás de mim. Acabamos com eles, mas Henderson, ele não se safou. Nem o pobre Miles."

"Monroe? Caramba, Reuben. Estão ambos mortos?" Reuben assentiu. "E Lance?"

"Para a cidade, como eu disse. E o líder, um homem chamado Banner. Ele assassinou Henderson e Monroe, acho eu."

"Ou talvez você fez?"

"Eh?"

Reuben ficou boquiaberto enquanto Mitch sacava sua pistola lentamente. "Vou levar você de volta, Reuben. Pode explicar tudo isso ao seu pai."

"Não! Mitch, por piedade..." Em pânico, Reuben foi ficar de pé e congelou quando Mitch puxou o martelo de sua pistola. Uma nuvem terrível e gelada caiu sobre Reuben e ele tremeu enquanto lutava arduamente para acalmar o medo em sua voz. "Mitch, ouça-me - temos de ir a Boniface. Se Lance estiver lá, ele precisa de ajuda. Ajuda médica. E Banner, se Banner também lá estiver... Mitch, por favor, eu lhe imploro, vamos até à cidade descobrir o que está havendo. Depois eu volto com você. Não vou causar problemas, dou a minha palavra."

"Vai voltar comigo de qualquer forma, Reuben."

"Sim, sim, eu sei disso, Mitch, mas estou implorando. Por favor. Você precisa confiar em mim. Banner, ele é a razão de tudo isso. Foi ele quem fez com que aqueles homens cavalgassem atrás de Urso Castanho. Ele é um assassino, Mitch, e ele tem que ser levado à justiça."

Mitch pareceu estar pensando profundamente. Mastigando o lábio inferior, ele acabou por colocar a arma de volta no coldre. "Assim que acabarmos com isso—"

"Eu prometo, Mitch. Eu vou para casa com você."

Isso pareceu satisfazer o cowboy. Seus olhos vaguearam por

todo o lado como se estivesse procurando por algo. Eles estavam acampados em uma leve depressão, o que lhes oferecia um pouco de proteção contra o frio que roía, agravado por uma brisa constante que trazia enxurradas de neve através da planície. "Vamos cavalgar devagar e com calma. Se Lance estiver lá, vamos encontrá-lo, mas esse tal de Banner... Acho que atiramos primeiro e fazemos perguntas depois."

"É assim mesmo que eu vejo as coisas, Mitch." Ele acenou para o amontoado de pertences que Mitch deve ter juntado depois de o encontrar e trazê-lo para cá inconsciente. "Vou precisar da minha arma se formos contra ele."

Mitch deu-lhe boa olhada. "Reúna as suas coisas e vamos embora."

CAPÍTULO VINTE E OITO

Urso Castanho observava de sua posição estratégica, afastado não apenas na distância, mas também na emoção. Lance mal estava consciente agora, o sangue continuava a pingar de sua ferida. As mulheres tinham cuidado dele, mas apenas para que vivesse o suficiente para que eles o enforcassem.

Lance estava montado em um cavalo velho e sarnento, que também estava nas últimas. Este seria, sem dúvida, o último dever que ele cumpriria. Sua carga, o pobre e sofrido Lance, estava pálido como giz branco, seus olhos avermelhados mal conseguiam ver muito. Sua cabeça se pendurava sobre o peito e uma fina linha de saliva brotava de seus lábios azuis. Ele estava perto da morte.

O grupo de garotas ao seu redor estava bem-humorado, rindo do sofrimento do homem. O velho dono do bar, um homem a quem chamavam de Velho Bill, sentava-se numa frágil cadeira de vime, com uma mão em volta do maxilar grisalho. Assim como Lance e o cavalo, parecia a Urso Castanho que o velho se juntaria aos dois na cova em pouco tempo.

Um homem maior e mais jovem, com um avental sujo, verificou o nó antes de dar um passo atrás para admirar o seu trabalho. "Isso vai servir, sem dúvidas."

"Diabos, servindo ou não, deixe-o balançar", gritou uma das garotas, uma enorme fêmea com bíceps que ficariam bem em um lutador campeão.

"Se ele se soltar", disse uma garota muito mais bonita, carregando uma pá nas mãos, "eu acabo com ele esmagando-lhe os miolos."

"Muito bem", disse velho Bill da sua cadeira, sacando sua Colt Dragoon. "Alguma última palavra, seu pedaço inútil de bosta de porco?"

Urso Castanho viu a cabeça de Lance se erguer. Seguiu-se um movimento mal perceptível em seus lábios, mas Urso Castanho estava longe demais para entender quaisquer palavras.

"O que é que ele disse?", disse Velho Bill.

"Ele disse que você pode ir se foder", zombou a garota grande.

"Bem, é isso mesmo?" Velho Bill parecia magoado, levantou a arma no ar e puxou o martelo. "Aproveite a sua eternidade no inferno, seu assassino de merda!"

A grande arma disparou, o velho cavalo gritou, chutou e disparou para a frente. Com um solavanco nauseante, Lance se balançava da placa, chutando com suas pernas, tentando com os últimos vestígios de sua força se libertar. Não funcionou e logo, dentro de poucos momentos horríveis, ele amoleceu, com a língua protuberando de um rosto inchado e azul. As garotas gritaram de repugnância quando Lance, já morto, defecava em suas calças e Velho Bill gargalhava em alto som.

Urso Castanho virou-se e afastou-se sem um som.

Movendo-se furtivamente até seu cavalo, Urso Castanho parou quando viu um grande homem chegando na cidade do outro lado da rua. Urso Castanho mergulhou para fora de vista e viu o homem que ele conhecia muito bem parando o cavalo perto dos estábulos. Desmontando, o homem deu uma olhada ao seu redor antes de subir as escadas para o escritório da frente.

Urso Castanho esperou. Esta seria a hora e o lugar perfeitos para matar este homem. Pegando a Halls que tinha tirado do cavalo de Lance, ele verificou a sua carga e colocou-se numa posição de bruços, alinhando sua vista para os estábulos. O homem responsável por todos os terríveis acontecimentos dos últimos dias não saberia o que o tinha atingido antes de morrer ali mesmo, nas escadas.

Foi este pensamento que deu a Urso Castanho um momento de hesitação. Por que é que aquele homem deveria ter uma morte tão fácil? Num minuto aqui, no outro... sem sofrimento, sem perceber quem o tinha matado? Sem perceber que ele estava morrendo por causa do que tinha feito? Não, seria fácil demais. O homem deveria saber antes que a cortina descesse sobre sua odiosa vida. Naquele momento de profunda contemplação, a oportunidade de uma morte rápida e limpa foi perdida quando o homem saiu do escritório, esfregando o queixo e esticando as costas. Um homem menor, muito mais velho, o seguiu e foi diretamente para o cavalo e gentilmente o levou. O homem grande, aquele que Urso Castanho queria morto, se movia pela rua, sem saber que a morte havia pairado sobre ele por breves momentos. Distraído, ele caminhou para longe, com Urso Castanho o observando. Logo a visão de Lance balançando-se sob a luz pálida do sol o alcançaria, e então Urso Castanho agiria. Como ele deveria ter feito antes. Os negócios do homem branco devem continuar a ser do homem branco, era o que o Chefe Dois Rios sempre dizia ao seu povo. Não se envolvam em coisas que vocês não entendem nem valorizam, pois a vida deles é diferente da nossa. E de menor valor. Chefe Dois Rios tinha visto a sua própria mulher ser baleada e morta por caçadores de escalpos. Ele sabia que a sabedoria de suas próprias palavras era verdadeira. Urso Castanho devia ter dado a elas mais atenção. Reuben Cole tinha lhe mostrado que nem todos os Brancos eram maus. Alguns eram sensíveis, altruístas, e merecedores de respeito. Talvez ele devesse a Reuben acabar com tudo isso agora mesmo, enquanto podia. Deixando seu cavalo, ele escorregou para as sombras para enfrentar seus inimigos e fazer justiça.

CAPÍTULO VINTE E NOVE

Quando se aproximaram da cidade, um disparo de uma pistola de grande calibre quase os mandou correrem a procura de cobertura. Mitch, o primeiro a se recuperar, agarrou o cotovelo de Reuben enquanto o jovem se preparava para correr. "Isso não foi para nós."

"Quem, então?"

Mitch deu de ombros e sacou a pistola. "É melhor irmos dar uma olhada."

A cidade de Saint Boniface era pouco mais do que uma única rua com edifícios de madeira de aspecto lamentável em ambos os lados. No final de um dos lados da rua havia um estábulo de cavalariça, que era um pequeno cercado e um estábulo grande o suficiente para três cavalos. Um escritório ficava em frente. Mais abaixo havia uma loja de mercadorias, um escritório de análise de pedras preciosas, outro edifício que se inclinava horrivelmente para a direita e que era, pela placa pendurada acima da sua porta torta, um fornecedor de carne. Havia então várias habitações privadas bem espaçadas e um edifício de dois andares que se dizia como uma casa de hóspedes. Em frente, havia um punhado de coisas diferentes, uma loja de produtos secos e, a mais imponente, um grande hotel-saloon. Em frente a este edifício estava o edifício que atraiu toda a atenção de Reuben e Mitch, pois balançando de sua placa estava o corpo de Lance, seu pescoço esticado terrivelmente. Os únicos habitantes deste lugar decrépito eram uma coleção de garotas com roupas vistosas e um homem sentado em uma frágil cadeira, todos eles rindo. E observando, um pouco para o lado, estava um homem grande vestido com um longo casaco escuro, ostentando uma cartola.

"Aquele é Banner", disse Reuben através dos dentes.

"E aquele ali balançando é Lance."

"Chegamos tarde demais para ele, acho eu."

Mitch deu um suspiro e lentamente desmontou. "Não posso deixá-lo assim, Reuben. Vamos nos apresentar àquele bando de assassinos."

Reuben pegou os dois cavalos e amarrou-os a um poste do lado de fora de um antigo estabelecimento de alimentação, agora fechado com tábuas. Ele se virou e considerou o grupo circulando pela cena macabra. Eles estavam se cansando de sua diversão e começavam a se separar.

"Mitch, precisamos pensar isso direito."

"Eu tenho que ajudar."

"Ajudar? Ele está morto, Mitch. Isso é óbvio."

"Para mim não, não é!"

O cowboy avançou. Reuben tentou agarrá-lo, mas Mitch afastou-se. "Faço isso sozinho se for preciso, maldito seja!"

"Fazer o que, pelo amor de Deus?"

"Cortar a corda!"

O velhote e as garotas entraram no saloon. Nenhum deles deu a Reuben e Mitch uma olhada, o que fez com que Mitch tivesse toda a vantagem de que precisava.

Ele saiu para a rua, com a arma na mão, e gritou: "Esperem, seu bando de cabeças de porco!"

Eles pararam, as garotas se agitaram, o velho dividindo seu rosto em um sorriso desdentado.

"É amigo dele, filho?"

"Não precisava assassiná-lo dessa maneira."

"*Assassinato?* É assim que você chama o enforcamento legal daquele homem? Você estava aqui para testemunhar o que ele fez?"

"Ele é um assassino", disse uma das garotas. "Ele entra aqui, sangrando muito, e nós tratamos dele. Depois ele mata o pobre Joshua sem motivo!"

"É justiça", disse a menina grande, dobrando os braços sobre seus formidáveis peitos, "é isso que é, cowboy. Agora vá, antes que eu ponha você sobre meu joelho e dê umas palmadas no seu trazeiro."

Reuben se aproximou de Mitch e sentiu a atmosfera carregada ficando cada vez mais feia a cada segundo. Ele arriscou uma olhada para trás para ver Banner saindo para fora de vista no espaço entre um prédio adjacente e a loja onde Lance balançava. O que é que ele estava planejando, perguntava-se Reuben?

Um homem saiu do saloon com um avental de barman. Nas suas mãos, ele segurava uma espingarda serrada. Um indivíduo de aparência suja, Reuben não tinha dúvidas de que ele era mais do que capaz de usar a arma com um efeito devastador.

"Mitch. Vamos embora."

"Palavras sábias, para um jovem," zombou o velhote. "Podem levar o seu amigo com vocês se quiserem, mas nunca mais voltem aqui ou nós também enforcamos vocês."

As garotas riram disso e o velho pareceu bem satisfeito consigo mesmo, enchendo o peito e batendo seus lábios finos e azuis.

"Para o inferno com isso", disse Mitch, que se abaixou um pouco, ergueu o revólver e disparou contra o homem que segurava a espingarda. Ele voou para trás, esmagou as portas de vai e vem, e ficou ali deitado, com as pernas tremendo. Correndo enquanto as garotas gritavam horrorizadas, Mitch subiu os degraus apressado, agarrou a espingarda, virou-se e descarregou a arma no agrupamento de mulheres, no exato momento em que Reuben mergulhou para se proteger.

Por algum milagre, o velho apareceu ileso enquanto, ao seu

redor, as garotas cambaleavam e caíam, algumas com atingidas no rosto, outras no corpo. O barulho de suas bocas quebradas era ensurdecedor.

Reuben agachou-se atrás de uma coleção de caixas de madeira, paralisado pelo choque. Ele nada mais podia fazer além de assistir enquanto Mitch descia as escadas e disparava quatro tiros uniformemente espaçados contra o velho, fazendo-o explodir como se fosse um trapo num pau num dia de vento. Mesmo antes de o velho cair, Mitch estava caminhando até onde Reuben havia se escondido.

"É melhor sair daí Reuben, temos trabalho a fazer!"

Aconteceu rápido depois disso, mais rápido do que Reuben pensava ser possível.

A esta altura, Mitch parecia estar fora de controle. Ignorando os gemidos e grunhidos das garotas baleadas, ele caminhou através do curto trecho até onde o corpo de Lance balançava tão horrivelmente da placa. "Venha até aqui, Reuben!"

Em transe, Reuben o fez.

"Segure-o, Reuben. Pelo amor de Deus, segure-o, pelos tornozelos, porra!"

Desviando os olhos, Reuben não tinha vontade de olhar para o rosto inchado do homem que um dia conheceu. Ao invés disso, ele envolveu os braços em torno das pernas de Lance e o levantou, aliviando a pressão da corda.

"Raios partam", cuspiu Mitch, "Não tenho faca. Segure-o, Reuben, ele vai cair."

Um pouco do sentimento estava voltando ao corpo e à mente de Reuben. Ele limpou a garganta. "Mas Mitch, como é que eu vou..."

Mas antes que Reuben pudesse completar a frase, Mitch mirou seu revólver. Um único tiro saiu e cortou a corda do enforcamento. O corpo de Lance, um peso morto em todos os sentidos, caiu em cima de Reuben, atirando-o ao chão num monte de membros sem vida. Gritando, Reuben saiu de debaixo do corpo do morto e se levantou, com os braços desesperadamente afastando o pó e o que ele percebeu serem pedaços do sangue seco de Lance de suas calças e camisa.

"Pode parar de fazer essa loucura", disse Mitch.

"Droga, por que você não me avisou!"

"Quer parar de gritar! De que outra forma eu poderia descê-lo?"

"Ajuda, podíamos ter pedido ajuda."

"Ajuda? De quem, daquele velho abutre que eu matei, ou daquelas putas que nos atacaram como coiotes enlouquecidos?"

"Não sei, mas você deveria ter me avisado."

"Caramba, Reuben, você tem que se calar. Estou cheio dessa sua falta de respeito. Lance aqui deixou esta vida de uma maneira que não merecia, por isso pense nisso um pouco. Precisamos colocá-lo nas costas de uma mula ou talvez em uma carroça e levá-lo de volta para o rancho. Seu pai vai querer tudo isso explicado, Reuben. Acredito que ele pode muito bem culpar você por uma boa parte disto."

"*Eu?*" Reuben ergueu as mãos, "Mitch, nada disto é culpa minha!"

"Bem, nada disso teria acontecido se você não tivesse disparado contra aqueles homens que perseguiam o seu amigo índio. Foi isso que causou tudo isso, acho eu."

"Eu concordo com isso."

Ambos saltaram ao som desta nova voz. Naquele instante, todas as suas discordâncias desapareceram quando se voltaram para ver Banner emergir da lateral do edifício. Seu casaco longo estava puxado para trás para revelar duas armas presas em seus quadris. Ele encostou-se à borda da loja, despreocupado, arrogante, um pequeno sorriso em seu rosto.

"É ele?", respirou Mitch.

Mas Reuben estava rígido demais de raiva e indecisão para responder.

Banner, por outro lado, parecia estar totalmente sob controle. Ele se endireitou, zombando. "Eu acho que sim, cowboy. E é aqui que isso acaba."

Mitch não hesitou. Sua mão voou na direção de sua arma. Ele foi rápido, pegando Banner de surpresa. Apesar do grandalhão ter conseguido limpar seu coldre direito, Mitch estava lá primeiro, martelo puxado, cano inabalável. "Você tem toda a razão", disse ele e apertou o gatilho.

Reuben aprendeu uma lição valiosa naquele dia, uma que nunca esqueceu.

Num horror abjeto, ele olhou incrédulo para Mitch enquanto o martelo caía sobre uma câmara vazia. Mitch não tinha recarregado sua arma. Naqueles dias, recarregar uma pistola de seis câmaras levava tempo. Colocar pólvora e munição dependia de paciência, habilidade e deliberação. Não era algo para ser apressado ou ignorado. Depois de ter disparado contra a corda, Mitch não se preocupou em recarregar, sem dúvida acreditando que o perigo não estava mais presente. E agora ele estava prestes a pagar o preço.

Banner soltou um alto suspiro e caiu de volta contra o edifício, passando uma mão trêmula sobre seu rosto. "Raios, filho, você me tinha morto aqui. Você é mesmo rápido, mas tem o cérebro de uma ratazana. Agradeço a Deus por isso. Você, rapaz, desfivele o cinto de armas, pois acho que você é mais esperto que o seu amigo aqui."

Para dar peso às suas palavras, e recuperando visivelmente sua inteligência, Banner virou a arma contra Reuben.

Mitch fez um movimento. Reuben queria gritar, mas antes que ele pudesse reagir, Banner atirou em Mitch alto em seu ombro esquerdo, jogando-o de volta pelos degraus da loja. Gemendo, ele rolou no chão. De sua mão direita escorregou uma faca, a qual ele tinha acabado de pegar.

"Como eu disse", disse Banner com um suspiro, "sem cérebro."

Ele puxou o martelo se preparando para outro tiro.

O rifle estendeu-se de algum lugar do outro lado da rua, mas a bala, traçando um rastro escaldante, atingiu a madeira a poucos centímetros da cabeça de Banner. Ele gritou e se virou, visivelmente abalado.

Reuben, aproveitando a chance, sacou sua própria pistola, e disparou contra o brutamontes que estava diante dele.

Agora era a vez de Banner de cambalear para trás, olhando para baixo, horrorizado, para a mancha vermelha que se alargava ao longo do seu estômago. Ele parou e virou a cabeça na direção de Reuben. "Garoto, eu sabia que você não era estúpido."

"Não me chame de garoto", rosnou Reuben e deu-lhe outro tiro na cabeça.

Por um momento, o único som era do vento soprando nuvens de neve da rua. Nada mais se mexia. Guardando sua arma no coldre, Reuben foi até Mitch e gentilmente o virou.

"Oh, Reuben", disse o cowboy, forçando um sorriso. "Eu vou sangrar até a morte."

"Não, você não vai", disse o Reuben.

Ele sentou-se nas escadas e tentou controlar sua respiração. Sabendo do que tinha acontecido com Mitch, ele sacou cuidadosamente sua arma e começou a carregar as duas câmaras vazias. Mas suas mãos tremiam tanto que ele não conseguia lidar com isso e a arma caiu de seus dedos dormentes. Matar parecia ser fácil para ele agora e ele já não se reconhecia. Há meros dias, ele era um adolescente alegre e desengonçado, cavalgando pelo campo, em busca de experiências para pontuar sua existência, que de outra forma seria mundana. Agora ele era um assassino experiente. E o aspecto mais aterrorizante de tudo isso - ele não sentia nada. Ele não considerava mais os homens mortos a tiro pela sua arma do que uma barata esmagada debaixo de sua bota.

Ele se recompôs e se colocou de pé. Não havia mais ninguém. Foram todos ao encontro do seu criador, como alguém como Monroe poderia ter dito. Monroe, o único verdadeiro inocente em tudo isso. Tantas vidas se acabaram. Será que alguma coisa disso valeu a pena, ele perguntava-se?

Reuben abaixou-se e pegou sua arma, verificou a carga e caminhou até o homem que tinha acabado de alvejar. Ele olhou para o corpo sem vida de Banner, aqueles olhos bem abertos, voltados para o céu, olhos que olhavam perplexos, confusos. Reuben se perguntava quem tinha disparado o rifle, mas então, quando ergueu o olhar e viu o cavalo ao longe, ele sabia. Ele deveria chamar e agradecer a Urso Castanho, mas talvez ele ter seguido o seu próprio caminho era para o melhor. Os homens lá no rancho nunca seriam capazes de entender ou aceitar que um índio pudesse fazer uma boa ação. Ele tinha salvo a vida de Reuben, deu-lhe essa vantagem, a única vantagem de que ele precisava para juntar tudo e levá-lo à sua inevitável conclusão.

Banner estava morto. Estava tudo acabado.

CAPÍTULO TRINTA

Ele encontrou um lençol velho no bordel e arrancou vários pedaços que usou para atar o ombro de Mitch. O cowboy ferido sentou-se no bar, de cara lavada com suor, uma curiosa cor verde nauseante lhe tingia as bochechas. Ele segurava um copo de whisky na mão direita, a esquerda agora inútil.

"A bala ainda está lá dentro", disse Reuben. "Eu posso desenterrá-la, mas... Mitch, vamos para o rancho. Podemos chegar lá amanhã."

Mitch assentiu sombriamente.

"Eu deveria ter atirado nele imediatamente," disse Reuben. "Se eu tivesse feito isso, você não estaria nesse—"

"Não se puna por causa disso, Reubs. Isso é culpa minha. De tudo isso. Eu deveria ter recarregado a minha arma."

"Eu nunca vi ninguém sacar tão rápido como você, Mitch."

Um pequeno sorriso escapou dos lábios do cowboy. "Isso não me ajudou em nada no final, ajudou?"

Reuben não tinha resposta para isso. Ele encheu o copo de Mitch. "Vou procurar um carrinho ou algo assim para Lance."

"Deixe-o, Reuben."

Reuben parou e olhou boquiaberto para o seu companheiro. "Deixá-lo? Mitch, não podemos simplesmente—"

"Claro que podemos, Reubs. Depois do que ele fez? Com aquela garota?"

"Quer dizer...?" Reuben caiu numa cadeira em frente.

"Sim. Ouça, eu tive tempo para pensar. E isto," ele mexeu o ombro ferido, sentindo a dor enquanto o fazia, "meio que clareou minha mente. Colocou tudo em foco."

"Não tenho certeza se entendi."

"Eu esperava que Lance sobrevivesse. Eu sabia que havia um desentendimento entre ele e Henderson, mas se ele tivesse sobrevivido, eu poderia tê-lo convencido a dizer a verdade. Foi tudo culpa dele, você vê. Emily Dowers. Ele descobriu que ela estava planejando fugir com Henderson."

"*O quê?*"

"Não fique tão chocado, Reuben. Aquela garota... Meu Deus, se você tivesse visto ela. Maldita seja, a coisa mais bonita que já vi. E ela tinha um jeito próprio dela. Um olhar nos olhos, seus lábios... Se você colocasse os olhos nela, Reuben, iria quere-la na sua cama, sem hesitar. Nunca em toda a minha vida conheci nada assim."

"Então, você também..." Reuben passou uma mão no cabelo. "Mas o marido, ele..."

"Acho que ele a trouxe de Nova Iorque na esperança de que, de alguma forma, a pudesse domar. Ele nunca considerou que os homens daqui não têm nenhuma decência. Nós somos duros e sem maneiras. É a natureza do nosso trabalho. Nós levamos o que queremos, sem consideração. Foi isso que aconteceu com ela e com o resto de nós. A mim também. Eu deitei-me com ela. Consegui me livrar dos encantos dela, porque sempre soube que ela era venenosa. Quase me partiu o coração ao fazer isso, devo dizer. Mas Henderson... Pobre coitado, ele apaixonou-se loucamente por ela. E ela o encorajou. Viu nele uma saída."

"E quando Lance soube disso, matou-a?"

Mitch deu de ombros. "Ele também. Não conseguiria viver sem ela. Ele me confidenciou uma noite quando estava tão bêbado que não sabia o que estava falando. Depois do que o marido fez."

"Mitch, pensei que tinha dito que Lance—"

"Não. Eu disse que ele era o *responsável*. Ele tinha ido para a cabana para vê-la, e o marido estava lá. Eles brigaram e Lance acabou com ele, como você pode imaginar. Ela gritou com o Lance para ele sair, para nunca mais voltar. E quando ele saiu, ouviu o disparo."

"Meu Deus..."

"Depois de a ter matado, o marido foi e se enforcou. Isso teria sido o fim de tudo, menos para Henderson. Ele estava louco de desgosto e luto, e Lance... Ele levou o seu tempo, planejou sua vingança."

"Plantando aquelas pontas de charutos na cabana, para parecer que Henderson era o culpado."

"Algo do gênero."

Uma repentina expressão de dor atravessou suas feições e Mitch se inclinou para frente, segurando seu ombro.

Reuben saltou para os seus pés. "Mitch, Mitch, espere! Pegue o uísque, para a dor, e eu vou buscar os cavalos."

"É melhor ser rápido, Reubs", gemeu Mitch sem levantar a cabeça.

Eles cavalgaram pela noite a um ritmo constante, Reuben temendo que qualquer movimento repentino pudesse fazer com que a bala se aprofundasse no ombro de Mitch e causasse outra convulsão. Mitch, jogado sobre o pescoço do cavalo, dava gemidos ocasionais, mas, fora isso, mostrava poucos sinais de desconforto. Reuben, porém, sabia que o tempo estava correndo contra eles e não podiam se dar ao luxo de parar. Enquanto o amanhecer traçava faixas de rosa e malva pelo céu, ele ansiava por descanso e sentia que Mitch devia sentir o mesmo, mas o rancho estava a poucas horas de distância agora. Quando eles estivessem ao seu alcance, Reuben avançaria galoparia em direção à terra de seu pai, convocaria Doc Miller, e então Mitch seria tratado. Era esse o plano.

É claro que, como a maioria dos planos, as circunstâncias atrapalharam o caminho.

Pouco tempo depois do sol aparecer acima do horizonte, Mitch escorregou da sela e bateu no chão com força. Ele ficou imóvel. Horrivelmente imóvel, e Reuben estava ao seu lado num piscar de olhos, levantando sua cabeça, prestes a colocar água na boca rígida e aberta do homem.

Os olhos dele estavam abertos. Olhando para o nada.

Reuben chegou tarde demais.

CAPÍTULO TRINTA E UM

Ele não tinha muita vontade de comer e remexia os ovos que seu pai insistia que tentasse por abaixo.

Eventualmente, sentindo-se enjoado, Reuben empurrou o prato para longe e sentou-se para trás. Ele sentia os olhos de seu pai sobre ele.

"Eu errei com você", disse seu pai depois de uma longa pausa. "Eu errei com você e peço desculpas."

Levantando o rosto, Reuben considerou os traços grisalhos de seu pai. Ele envelheceu nos últimos dias, o peso do stress e da ansiedade fizeram-lhe mal. Ele também sabia como era difícil para um homem como ele oferecer um pedido de desculpas. Orgulhoso, intransigente, certo de sua retidão inabalável, Reuben não conseguia pensar em nenhum outro momento em que seu pai tivesse mostrado remorso, arrependimento ou, neste caso, admissão de um erro. Mas aqui estava, e ele ficou grato com isso, apesar da raiva que se desenvolvia dentro dele.

Com a perda dos melhores homens de seu pai - Lance, Henderson e Mitch - a Reuben fora oferecido o trabalho de capataz, mas, claro, ele tinha recusado. Ele era muito jovem. O rancho precisava de um homem de experiência, de honra, um homem a ser respeitado.

"Vai ser difícil encontrar alguém assim", disse seu pai, olhando para o tampo da mesa, seu rosto sério, atado de preocupação. "As notícias do Leste são ruins, Reuben. Parece que os separatistas da Carolina do Sul atacaram um forte, bombardeando-o com canhões e forçando a sua rendição."

"O que significa isso, pai?"

"Significa que o Presidente reagirá e imporá o Estado de direito àquele estado. O que só pode significar uma coisa."

"Guerra? Mas como pode um Estado fazer frente às forças do país?"

"Eles não podem, mas ouvi rumores de que mais estados se juntarão à Carolina do Sul, formarão seu próprio governo e se separarão. Separação. Lincoln não vai permitir isso."

"Eu não entendo nada disso, pai."

"Aceito o que disse, Reuben, sobre a sua falta de experiência e tudo, mas estes são tempos peculiares, e não vejo que tenhamos muita escolha."

"Que tal eu ir a Forte Defiance procurar por um novo capataz? Pode ser que eu tenha sorte."

"Tem certeza de que está disposto a isso?"

"Acho que será a melhor maneira de tirar tudo o que aconteceu da minha cabeça, pai."

"Você pode estar certo, mas Forte Defiance? Foi aí que tudo isso começou. E se aquele Banner tiver alguns amigos lá?"

"Duvido."

"Mas e se ele tiver?"

"Então eu vou ter de lidar com isso. Pai, se você tem confiança em mim para ser capataz aqui, dando ordens a homens que trabalharam no campo toda a vida, então você tem que acreditar que eu posso cuidar de mim mesmo contra alguns pistoleiros sem jeito."

"Se eles não forem sem jeito."

"Acho que são, dado o que sei sobre os homens que cavalgavam com Banner. Ele teria escolhido os melhores deles e, por Deus, pai, eles não eram os melhores em nada!"

"Não blasfeme, Reuben."

"Sim. Desculpe-me, pai."

Seu pai mordeu o lábio inferior por uns momentos, perdido em pensamento. Depois, com súbita determinação, ele bateu na mesa com as duas mãos. "Sim. Vá lá e escolha um bom homem, Reuben. Use cada grama do que fez com que você passasse por tudo isto. Traga aqui um bom homem."

Sorrindo, Reuben levantou-se, deu um pequeno aceno de cabeça e foi se preparar.

O tempo estava limpo e cristalino, as tempestades de neve haviam acabado, a paisagem ondulante era um cobertor branco mas não mais traiçoeiro sob o casco enquanto ele cavalgava, com um lenço sobre boca, colarinho forrado de pelo ao redor de sua garganta.

No final da tarde, ele freou seu cavalo. Forte Defiance estava a cerca de trinta minutos de distância. Sem se virar, ele respirou fundo e falou. "Não pensei que voltaria a vê-lo."

Rindo, Urso Castanho apareceu ao lado dele. "Você é bom, meu jovem amigo."

"Você não deveria ter ido embora daquela maneira. Nem na cabana, nem naquela maldita cidade."

"Eu tinha pouca escolha. Eles teriam me trazido de volta à casa de seu pai e me linchariam, como tentaram antes."

"Não. Eu teria—"

"Você não conseguiria impedi-los uma segunda vez."

"Mas você não tinha feito nada!"

"Você acha que tais detalhes importam para homens assim?" Balançando a cabeça, ele olhou para o forte. "Aqueles homens, aquele que se chamava Banner, sentiam prazer ao me causarem dor. Tais coisas nunca vão acabar, meu amigo. Haverá sempre homens como aqueles para onde eu ou outros do meu povo formos."

"As coisas podem mudar, meu amigo. Vai haver uma guerra, disse meu pai. Uma guerra para libertar os escravos."

"Isso trará liberdade, você acha?"

"Eu..." O Reuben franziu a testa, encolheu os ombros e desviou o olhar. "Nem tenho a certeza do que significa liberdade. O direito de fazer e dizer o que você quer, eu acho. Não importa a cor da sua pele. É o que meu pai diz, e eu concordo com ele."

"Mesmo que o que você queira seja matar outros porque eles não são como você? Não, Reuben, é melhor eu ficar longe, distante, nas sombras, até que este problema que você diz que está chegando acabe."

"Mais do que apenas problemas, acho eu."

"Então, até nos encontrarmos de novo..."

Reuben virou-se e estendeu a mão. Urso Castanho a segurou. "Obrigado", disse o Reuben.

"Foi uma forma de pagar a minha dívida para com você, meu amigo. Mas é uma dívida que ainda não foi paga na sua totalidade."

Antes que Reuben pudesse responder, Urso Castanho puxou seu cavalo para longe e chutou-o para um galope completo.

Reuben viu o seu amigo desaparecer ao longe até que ele não passasse de uma mancha cinzenta nos campos de branco puro.

Havia soldados no forte. Enquanto Reuben freava seu cavalo, deu uma olhada à sua volta. Homens de camisa azul misturados entre os muitos outros de aspecto rude que saíam do saloon. Havia muitas gargalhadas e muitas palmadas nas costas, e Reuben observava e se perguntava o que estava acontecendo. Ele desmontou e, quase imediatamente, sentiu uma grande e forte mão em seu ombro. Ele instintivamente pegou sua arma, mas o dono da mão, um soldado enorme e alegre com faixas de sargento em ambos os braços, apenas riu.

"Espera aí, jovem, não quero lhe fazer mal."

"Desculpe-me", disse Reuben, relaxando um pouco.

"O que está fazendo aqui? Se você está procurando por diversão, o forte estará fechando suas portas em pouco tempo. É por isso que estamos aqui. Companhia D, 10º Regimento de Infantaria, Exército dos Estados Unidos. Estes homens a nossa volta, são vagabundos, aspirantes a prospectores, oportunistas. Estamos oferecendo-lhes a oportunidade de servir, fazer algo de sua vida miserável."

"Servir?"

"Sim. Alistar-se no Exército dos Estados Unidos. Poderíamos usar jovens de calibre, habilidosos. Vejo pelo seu vestuário que você não é um vagabundo."

"O meu nome é Reuben Cole. Sou o chefe do rancho do meu pai."

O soldado deu um assobio silencioso. "Então, você está bem acostumado a cuidar de cavalos e gado?"

"Eu sou um rastreador."

Reuben viu a expressão do homem mudar, de uma de alguém despreocupado para uma atenção completa. "Um *rastreador*?"

Reuben assentiu. Era uma mentira, mas talvez não tão grande assim. Urso Castanho tinha lhe mostrado tanto e uma boa parte ele já tinha dado bom uso.

"Isso está ficando cada vez melhor! Parece que a providência está por nós, meu bom rapaz. Como se sente sobre alistar-se a nós como um batedor do Exército?"

"Eu diria que isso seria uma coisa muito boa, senhor."

O sorriso radiante do sargento ficou ainda maior, e ele bateu aquela enorme mão no ombro de Reuben, quase o desequilibrando.

"Eu teria que informar meu pai, se não se importa. Ele me mandou aqui para recrutar homens para o ajudar no rancho. Tivemos alguns problemas, sabe. Precisamos de substitutos."

"Bem, podemos fazer o que pudermos, mas recebemos ordens para nos movermos depressa. Os exércitos estão se reunindo, jovem, e temos pouco tempo de sobra."

"Eu deveria avisar a ele."

"Então nós vamos. Há uma coisa. Você parece um pouco jovem demais, desculpe-me por dizer isso. Mas quantos anos você tem?"

Sem hesitar, o Reuben proferiu outra mentira: "Farei dezenove anos no próximo mês."

E com isso Reuben foi recrutado para o Exército dos Estados Unidos como batedor.

Logo, as hostilidades se tornariam mais do que rumores e os anos de formação de Reuben ajudariam-no a se tornar um duro homem de ação.

O fim desta primeira parte dos primeiros anos do Reuben Cole.

Caro leitor,

Esperamos que você tenha gostado de ler *Nascido para Rastrear*. Reserve um momento para deixar uma crítica, mesmo que curta. A sua opinião é importante para nós.

Atenciosamente,

Stuart G. Yates e Next Chapter Team

Nascido Para Rastrear
ISBN: 978-4-82410-780-0

Publicado por
Next Chapter
1-60-20 Minami-Otsuka
170-0005 Toshima-Ku, Tokyo
+818035793528

5 outubro 2021